Dietrich Schilling, Jahrgang 1945, hat nach seinem Germanistik-Studium fast 40 Jahre lang als Hörfunk-Redakteur beim NDR gearbeitet. Er ist verheiratet und lebt als freier Autor in Hamburg.

Der Raub der Himmlischen Tänzerin

Ein Krimi aus Kambodscha

1. Auflage September 2019
Copyright © 2019 Dietrich Schilling. Alle Rechte vorbehalten.
Herstellung und Verlag: Books on Demand GmbH, Norderstedt
Umschlaggestaltung, Satz und Layout: Christian Fillies
Titelbild-Illustration: Stephan Zörnig
Printed in Germany
ISBN: 9783749468812
Mehr auf: www.dietrichschilling.de

Dietrich Schilling

Der Raub der Himmlischen Tänzerin

Ein Krimi aus Kambodscha

Inhaltsverzeichnis

Vorbemerkung

Geschichte und Personen dieses Romans sind frei erfunden. Doch der Ort, an dem er spielt, ist real: Es ist die Stadt Siem Reap in Kambodscha, nahe den weltberühmten Tempeln von Angkor.

Real ist auch das Phänomen des Kunstraubs bzw. der Antikenhehlerei, das dem Roman als Motiv zugrunde liegt. Schätzungen über den weltweiten Umfang dieses äußerst lukrativen kriminellen Deliktes gehen weit in die Milliarden Dollar. Man geht davon aus, dass - nach dem Handel mit Drogen und Waffen - die Antikenhehlerei das international einträglichste illegale Geschäftsfeld ist.

1

Hunderttausend Dollar

„Habt ihr sie?"

Den Telefonhörer dicht ans Ohr gepresst, geht Prungnie ans Fenster und schaut aufs Wasser. Woher kommen die Stimmen und Schreie?

Nicht weit entfernt, am Pin Klao Pier, ist ein Flusstaxi über den Bootsanleger hinausgeschossen. Nur wenige Meter, doch weit genug, dass niemand von Bord kann. Die Fahrgäste, die hier aussteigen wollen, gestikulieren aufgeregt in Richtung Bootsführer, der von seinem Sitz aufgesprungen ist, während sein Assistent sich weit über die Bordwand hinaushängt und hektisch versucht, ihn mit schrillen Tönen aus der Trillerpfeife in die richtige Position zu dirigieren.

Prungnie sieht das, aber er nimmt es nicht wirklich wahr. In Gedanken ist er ganz woanders. Seine Finger krampfen sich um den Telefonhörer. Am liebsten würde er seinem Gesprächspartner sofort an die Gurgel gehen. Denn was der gesagt hat, bringt ihn völlig aus der Fassung. Wütend bläst er eine Qualmwolke gegen das Moskitogitter vor dem Fenster und drückt seine Zigarette aus.

„Ich muss sie aber haben!", blafft er in den Hörer, „der Kunde wartet." Dann bemerkt er, dass der Zigarettenstummel noch glimmt, und bei dem Versuch, ihn endgültig auszudrücken, gerät er mit der Kuppe seines Daumens in die Glut.

„Scheiße!"

Wütend über seine Ungeschicklichkeit, den Finger im Mund, irrt er durchs Zimmer, den Telefonhörer weiterhin am Ohr.

„Bitte?", fragt der Gesprächspartner am anderen Ende.

Prungnie nimmt den Daumen aus dem Mund.

„Nichts, hab' mich nur verbrannt."

Die Dächer des Wat Phra Kaew, des Königspalastes auf der anderen Seite des Flusses, haben ihren goldenen Glanz bereits eingebüßt. Um diese Tageszeit schimmern sie nur noch matt. Und in wenigen Augenblicken, wenn die Sonne endgültig untergeht, wird es auch damit vorbei sein. Die Hitze, die sich den ganzen Tag über Bangkok ausgetobt hat, lässt schon spürbar nach. Ein versöhnlicher, ein sanfter Abend kündigt sich an. Bis wie aus dem Nichts ein Speedboot auftaucht und die Idylle zerreißt. Mit ohrenbetäubendem Lärm schießt es dicht am Haus vorbei, den schlanken Bug weit aus dem Wasser. Einen Moment später sieht man nur noch die Wolke aus Gischt, die es hinter sich herzieht.

„Und wann?", schreit Prungnie ins Telefon und lutscht an seinem Daumen. „Ich warte seit einer Woche! Eine ganze, komplette, Scheißwoche!"

Seine Stirn glänzt, er schwitzt. Auf der Rückseite des Hemdes, das er vor kaum einer Stunde frisch angezogen hat, zeichnen sich unansehnliche Flecken ab. Es ist ein teures Hemd von Jim Thompson, aber gegen die Hektik, den Schweiß und die Fettpolster von Prungnie hat es wenig Chancen, seine Eleganz zu bewahren.

„Was heißt ‚so schnell wie möglich'?

Während er auf die Antwort hört - und das kann er nicht, ohne seinen Gesprächspartner immer wieder zu unterbrechen -, bewegt Prungnie sich langsam zurück zu seinem Schreibtisch. Schwerfällig lässt er sich auf seinen Hocker fallen und zündet sich eine neue Zigarette an. Den ersten Zug inhaliert er tief, als erhoffe er sich davon etwas Entspannung. Dann pustet er den Qualm sofort und in die Länge gezogen wieder aus. Was er hört, scheint ihn ein wenig zu beruhigen. Er streckt die Beine von sich und spielt mit dem Feuerzeug.

„Wenn sie innerhalb einer Woche hier ist: hunderttausend Dollar. Mindestens!", antwortet er schließlich in einem herablassenden Ton, so kaltblütig und so nebenbei, als kenne er keine Nervosität. „Kommt drauf an, wie sie dann aussieht. Also passt auf!"

Im Gefühl zurückgewonnener Überlegenheit streckt er

seine Beine noch ein Stück weiter unter den Tisch, so dass er beinahe das Gleichgewicht verliert und sich nur noch mit Mühe auf dem Hocker halten kann.

„Scheiße!"

„Bitte?"

„Nichts."

Prungie richtet sich auf und versucht mit der rechten Hand an seinen Rücken zu gelangen. Dorthin, wo es ihn so heftig erwischt hat. „Und wo ist die Übergabe? Wie immer? In Poipet?" Er kennt den Schmerz, der seine unbeherrschten Bewegungen erbarmungslos abstraft.

„Ja, wie immer. 5000 Baht, und sie ist in Thailand."

Die Sonne ist inzwischen untergegangen, doch es wird noch einige Minuten dauern, bis die Dunkelheit wirklich einsetzt.

„Nochmal: ihr dürft sie auf keinen Fall beschädigen!"

Prungnie hat sich erneut aufgerappelt und spricht jedes Wort so langsam und eindringlich ins Telefon, als wolle er eine Schlange beschwören. „Der Kunde ist scharf auf sie, und er zahlt sofort. Aber er lässt sich nicht hinhalten. Ihr müsst euch beeilen. Sonst ist er weg."

Und als wolle er ein dickes Siegel auf seine Worte pressen, drückt er die Zigarette, kaum begonnen, wieder aus. Der Aschenbecher, ein massives Monstrum aus schwarzem Porzellan, ist schon lange nicht mehr geleert worden. Unzählige mehr oder weniger zu Ende gerauchte Kippen bilden ein ekliges Gemenge aus Asche und gelb-bräunlichen Filtern und sorgen für einen üblen Gestank. Kunden, die das Haus und Prungnie kennen, haben gelernt darüber hinwegzusehen. Wer allerdings zum ersten Mal hierher kommt, schüttelt verständnislos den Kopf. Denn das Haus am Fluss, nicht weit von der Brücke, die nach Banglamphoo hinüberführt, macht sonst einen überaus gepflegten Eindruck. Groß ist es nicht. Doch die wenigen, sehr sparsam möblierten Räume sind von einem Architekten gestaltet, der offenbar wusste, was er wollte. Und das war nicht billig. Jeder, der dieses Haus betritt, ist beeindruckt von seiner unaufdringlichen Eleganz. Die Wände überzogen von zartgrauem Maulbeerpapier, und das wiederum durchwirkt von hauchdünnen, kaum sichtbaren Goldfäden; der Fußboden matt glänzendes, sorgsam verfugtes Teak, und vor den Fenstern seidene Vorhänge in Pastell-Tönen, die farblich auf Wand und Hölzer abgestimmt sind. Dazu auf filigranbeinigen, gläsernen Tischchen und in Vitrinen das, womit Prungie sein Geld verdient: Buddhafiguren, Skulpturen, Schmuck und andere Kostbarkeiten aus den verschiedensten Materialien. Aus Holz, Bronze, Porzellan, Stein. Dazu Stoffe und edle Töpferware. Es kommt nicht selten vor, dass die Blicke der Kunden ein wenig ratlos hin und her wandern zwischen dem bulligen, stets schwitzenden, oft groben Prungnie und dem, was er in seinem Laden zum Verkauf anbietet: feine, geschmackvolle Kostbarkeiten, die ein Tourist auf der schnellen Suche nach Souvenirs niemals entdecken würde und schon gar nicht bezahlen könnte. Alle aus längst vergangener Zeit. „Antiquities" steht neben der Tür auf der Straßenseite des Hauses.

Prungnie zündet sich eine weitere Zigarette an. Er ist ruhiger geworden. Mit dem kleinen Finger der rechten Hand, die die Zigarette hält, zieht er einen Notizblock zu sich heran, reißt, den Telefonhörer zwischen Schulter und Ohr geklemmt, einen Zettel ab und notiert etwas darauf. Ein Datum. Das Datum von morgen. Und während er weiter zuhört, erhebt er sich erneut von seinem Hocker und bewegt sich ein weiteres Mal in Richtung Fenster. Der Fluss ist inzwischen grau geworden, die hunderttausende durcheinander tanzenden Wellen auf seiner Oberfläche haben ihr scheinbar unentwegtes Glitzern eingebüßt. Umso deutlicher zeichnen sich die Plastikabfälle ab, die im Wasser dümpeln und mit der geringen Strömung flussab treiben, Richtung Golf. Unterhalb des Fensters hat sich ein leerer Kanister verfangen und stößt immer wieder gegen die Hauswand. Prungnie sieht und hört das alles nicht. Er starrt hinaus in Richtung Osten. Über den Fluss und über die Stadt hinweg. Dorthin, wo Kambodscha liegt.

„Okay!", sagt er schließlich und legt den Hörer auf. Dann nimmt er einen tiefen Zug aus der Zigarette und stößt den Rauch Wölkchen für Wölkchen aus. Wie nach dem vorentscheidenden Zug bei einem Spiel, das er nun so gut wie gewonnen glaubt.

2

Fleisch und Bier

Etwa 400 km östlich von Prungnies „Antiquities"-Laden, in einem winzigen Dörfchen namens Paleah, geschieht zur selben Zeit etwas Außergewöhnliches.

Paleah ist ein Dorf wie tausende andere in Kambodscha. Es liegt einige Kilometer nördlich der berühmten Tempel von Angkor, aber noch südlich der von den Koreanern gebauten neuen Umgehungsstraße. Die wenigen Hütten sind ausnahmslos aus Brettern, Ästen und großflächigen Blättern errichtet. Und wie in all diesen Dörfern sind sie halb zerfallen. Kaum eine, die noch ausreichend Schutz bietet vor Sonne oder Regen oder allzu neugierigen Blicken von außen. Und zwischen ihnen, auf der kümmerlichen Grasnarbe, auf dem staubigen Sandboden und sogar in den Zweigen der Büsche: Müll. Wohin man sieht: Müll. Aufgerissene und zerfetzte Plastiktüten, verrottende Papp- und Papierfetzen, rostende Metallreste, zerknüllte Dosen. Kulisse für ein Leben ohne Zukunft. Der einzige Reichtum der Familien, die hier leben, sind ihre Kinder. Halb oder gänzlich nackt laufen die kleineren zwischen den Hütten umher und suchen nach Spielmöglichkeiten.

In der Regenzeit steht das Wasser manchmal knöcheltief zwischen den Behausungen; nach wochenlangen, nicht enden wollenden Niederschlägen ist der Boden vollkommen gesättigt und nimmt keinen einzigen Tropfen mehr auf. Jetzt, in der Trockenzeit, in der kein Wölkchen am Himmel zu sehen ist, kann man sich das nicht vorstellen. Jetzt ist alles knochenhart; die kleineren Äste, die herumliegen, sind so ausgetrocknet, dass sie unter den Füßen zu nichts zerbröseln.

Und genauso ist es mit den Hütten. Auch sie sind dem ständigen Wechsel von Sonne und Regen ausgesetzt. Mal saugen sich die Schilfdächer mit Wasser voll, mal ducken sie sich unter der brutalen Sonnenstrahlung. Die Bäume, die um die Hütten herumstehen, geben nicht mehr viel Schutz. Es sind zu wenige. Sie sind alt, ihre Kronen durchlässig. Alle paar Jahre müssen die Hütten neu gedeckt werden. Dazu muss brauchbares Material herangeschafft werden, das nichts kostet. Und das bedeutet oft weite Wege zu Fuß. Nur zwei Familien in Paleah besitzen ein Motorrad.

In dieser Nacht jedoch ist das Dorf nicht wiederzuerkennen. Es ist Vollmond, die Nacht vor Mahga Puja, in der die Buddhisten alljährlich an die Lehre ihres verehrten Lehrers erinnern. Und in diesem Jahr feiern die Männer von Paleah besonders ausgelassen. Sie lassen es sich ungewöhnlich gut gehen. Niemand kann sich daran erinnern, jemals vorher auch nur ein einziges Mal so üppig gegessen und getrunken zu haben. Denn zum Feiern braucht man Fleisch. Man braucht viel Bier. Das kostet Geld, und davon gibt es so gut wie keines in Paleah. Die Familien, die in den erbärmlichen Hütten mehr überleben als leben, preisen den Tag, an dem sie einen Fisch angeln oder im Wald ein Vögelchen erlegen. Das bisschen Reis, das sie anbauen, reicht nicht mal für sie selbst. Und die paar ausgemergelten Hühner, die herumlaufen, haben kaum Fleisch auf den Knochen. Wenn die älteren Kinder nicht wären, die den Touristen vor den Tempeln billige Halstücher und Bücher, zumeist Reiseführer und Raubdrucke, verkaufen, sähe es übel aus. Die Kinder verdienen, wenn sie Glück haben, wenigstens ein paar Dollar, mit denen man hin und wieder sogar ein Stückchen Fleisch kaufen kann.

Diese Nacht vor Magha Puja ist aber eine ganz besondere in Paleah. In dieser Nacht werden fette, saftige Fleischstücke gegrillt. Auf einem Rost, der ursprünglich als Zaungitter gedient hat. Die Frauen, die sie würzen und mit Öl bestreichen, legen immer neue auf den Grill. Sie scheinen endlose Vorräte zu besitzen. Und dazu fließt das Bier in solchen Mengen, wie es in Paleah noch nie jemand erlebt hat.

Zwei oder drei Männer haben sich breitbeinig auf stark ramponierten Plastikstühlen niedergelassen, doch

die meisten sitzen auf schäbigen, ausgefransten Bast-
matten oder direkt auf dem Sandboden. Alle schwelgen in
dem Gefühl, das sie bisher nur vom Hörensagen kannten:
Die Bäuche voll, die Köpfe auf herrliche Weise befreit von
Sorgen und Ängsten.

„Wenn der Regen kommt, gehe ich auf den Büffelmarkt
und kaufe mir eine Kuh!"

Phirin! Er räuspert sich vernehmlich, um die Bedeutung seiner Worte zu unterstreichen. Dann nimmt er seine
Bierdose, trinkt sie demonstrativ und in einem entschlos-
senen Zug fast ganz leer und kippt den Rest mit Schwung
ins Unterholz. Die Männer, die mit ihm am Feuer sitzen,
schweigen. Die Köpfe halb gesenkt, suchen sie vorsichtig
Blickkontakt mit den anderen, als wollten sie heraus-
bekommen, was die denn von Phirins gewichtigem Satz
halten. Und nach und nach erscheint, wie verabredet, ein
Grinsen auf den Gesichtern.

„Du, eine Kuh? Wovon denn?", fragt schließlich einer.
Auch er bestätigt die Bedeutung des Gesagten mit einem
tiefen Schluck und kippt den Rest vor sich in den Sand.
Dann wischt er sich mit dem Ärmel den Mund ab und ist
stolz darauf, etwas so Zutreffendes entgegnet zu haben.

Phirin schweigt. Er hat noch nicht so viel getrunken,
dass er nicht begreifen könnte, zu welch dummer Bemerkung er sich hat hinreißen lassen; hoffentlich hat seine Frau
nichts gehört. Er weiß ja, dass die anderen recht haben.

Wovon sollte er, der kaum das Nötige für seine Familie heranschaffen kann, eine Kuh kaufen? Von den paar Riel, die unter seiner Schlafmatte liegen? Erst einmal muss er seine Hütte neu decken. Die letzte Regenzeit hat seinem Dach so übel mitgespielt, dass es eine weitere nicht mehr überstehen würde. Gut, dass Athit, sein ältester Sohn, seit kurzem eine Arbeit als Gärtner hat. Aber wenn er sich vorstellt, wie er auf dem Markt erscheinen und um eine Kuh handeln würde ... nein! Alle würden ihn auslachen.

„Geh nach Hause und pass auf, dass deine dürren Hühner nicht auch noch weglaufen!", würden sie rufen und sich köstlich amüsieren.

Also schweigt er und greift nach einem neuen Bier. Die anderen können ja nicht wissen, dass diese Nacht manches verändern wird. Und sie dürfen es auch nicht wissen. Beinahe hätte er sich verplappert.

Vor jeder Hütte züngeln die Feuer. Niemand hat sich auf seinen Schlafplatz zurückgezogen. Selbst die kleinsten Kinder tappen noch unsicher im Halbdunkel herum; die Aufregung hält sie wach, auch wenn sie nicht begreifen können, was passiert. Auf ihren nackten Körperchen spielen Licht und Schatten. Rauchsäulen kräuseln sich empor in den Himmel, wo sie allmählich dünner werden. Aber immer noch garen üppige Fleischfetzen auf dem Grill, vom Huhn, vom Schwein, vom Rind, und die dürren Hunde wundern sich über die abgelutschten Knochen, an denen sie schnuppern dürfen, ohne einen einzigen Tritt zu bekommen. Buddha, der sich vor zweieinhalbtausend Jahren für den Mittleren Weg entschieden hat, muss in dieser Nacht großzügig die Augen schließen. Denn kaum jemand im Dorf hält sich an seine Lehre, dem Körper nur das zu geben, was er braucht, und ihm vorzuenthalten, was er nicht braucht.

Den Alltag haben die Männer längst vergessen. Knapp ein Dutzend sind es, die ihr bestes Hemd angezogen haben, sofern sie mehr als eines haben. Geflickt sind sie ohnehin alle. Viel wichtiger ist aber, dass in der Mitte des Kreises, den die Männer gebildet haben, eine Plastikwanne steht. Und darin, eingetaucht in Eiswasser, drängen sich die Bierdosen, so viele, dass man sie kaum zählen kann. Was für ein Leben! Endlich! Keine Minute vergeht, in der nicht einer von ihnen den anderen zuprostet.

„Ein langes Leben für den König!", ruft Meas. Seine Stimme ist lauter als üblich, wenn auch nicht mehr so zuverlässig.

„Ein langes Leben für den König!", wiederholen Chankrisna und die anderen im Chor. Phirins Kuh ist längst vergessen. Beim Zuprosten stoßen die Bierdosen jetzt weit ungestümer aneinander als zu Beginn des Abends. Und die Köpfe neigen sich immer tiefer in den Nacken. Man trinkt und trinkt und greift nach den duftenden Fleischhappen, die die Frauen vom Grill genommen und, hübsch angeordnet auf Bananenblättern, für ihre Männer bereitgestellt haben. Die Frauen wissen, was sie zu tun haben.

„Ein langes Leben für euch alle!", ruft Phirin. „Hundert Jahre für jeden!" Er hält den anderen auffordernd seine Dose entgegen und bemerkt, dass sie fast leer ist. „Bier!", verlangt er und schleudert sie weit weg von sich ins Unterholz. Seine Frau fischt missmutig eine neue aus dem Eiswasser, reißt den Verschluss auf und reicht sie ihm.

„Im Trinken bist du gut!", bemerkt sie.

Es dauert eine Weile, bis Phirin diese Äußerung so versteht, wie sie gemeint ist; er hat Wichtigeres im Kopf.

„Heute ist heute", antwortet er schließlich, „und ein andermal ist ein andermal."

Er merkt, dass er seine Stimme nicht mehr ganz sicher unter Kontrolle hat.

„Wenn du mehr verdienen würdest, wäre es weniger ein andermal und öfter heute", muss er sich daraufhin anhören. Ja, er weiß! Doch wo oder wie soll er mehr verdienen? Er ist froh, dass auf seinem kleinen Feld ein bisschen mehr Gemüse wächst als seine Familie braucht, und dass er davon ab und zu etwas auf dem Markt verkaufen kann. Viel ist es natürlich nicht, was er da verdient. Aber seine Frau wird sich wundern! Ist es denn seine Schuld, dass er nur drei Jahre in die Schule gegangen ist? Nein. Es war ihm so vorherbestimmt. Seine Frau hat keine Ahnung, wenn sie ihn so piesackt. Er wirft den abgenagten Knochen weit von sich in die Büsche, der Bierdose hinterher, und sofort jagen die Hunde los und balgen sich darum.

„Möge diese Nacht nie zu Ende gehen!", beschwört einer der Männer den Augenblick. Er muss sich schon große Mühe geben, diesen einfachen Satz verständlich über die Lippen zu bringen. Doch alle äußern auf die eine oder andere Weise ihre Zustimmung, erheben ihre Bierdosen und schauen glücksduselig in den Kreis. Was für ein Gefühl! Was für ein Wunder, dass man heute Nacht endlich einmal alles vergessen kann! Wie gut diese kleine Dorfgemeinschaft doch ist! Bier? Bier ist noch genug da! Aber während sie zu Beginn des Abends noch lauthals durcheinander geredet und sich gegenseitig unüberhörbar ihre Taten unterbreitet und sich ihrer Fähigkeiten versichert haben, werden sie allmählich müde und wortkarger in ihrem Glück. Nur noch ab und zu meldet sich jemand zu Wort.

„Wir danken Meas und Chankrisna! Danke für dieses Fest!"

Phirin prostet den beiden zu, und die anderen tun es ihm gleich, soweit sie dazu noch in der Lage sind. Niemand hatte übrigens ernsthaft wissen wollen, woher die beiden das Geld hatten, um so viel Bier und Fleisch zu kaufen. Zuerst war die Überraschung zwar groß, sicher, aber als die beiden sich hinter geheimnisvollem Schweigen verschanzten und nicht zu bewegen waren, auch nur die geringste Andeutung zu machen, gaben sich alle damit zufrieden. Wozu sollte es auch gut sein, mehr zu wissen? Hauptsache, es gab Fleisch und Bier!

„Ein langes Leben für Meas und Chankrisna!"

In immer kürzeren Abständen fordert Phirin zum Trinken auf. Doch nach jedem Zuprosten, unbemerkt von den anderen, legt er seine Dose absichtlich so auf den Erdboden, dass ein großer Teil des Bieres ausläuft und im Sand versickert.

„Bier!", ruft er dann aufs Neue, „Bier!"

Und während die Frauen ihre Männer ein weiteres Mal bedienen, schaut er zu Chankrisna und Meas hinüber. Als auch sie jeder ein frisches Bier in der Hand haben, prostet er ihnen ein weiteres Mal zu.

„Auf den Grund!", verlangt er und beobachtet zu seiner Genugtuung, dass, wie alle anderen, auch diese beiden das Bier in einem Zug in sich hineinschütten, bis die Dosen geleert sind. Sein eigenes Bier versickert, unbemerkt von den anderen, erneut im Erdboden. „Eine Schande!", denkt er. Aber er muss jetzt aufpassen. Er darf nichts mehr trinken, auch wenn es eine Sünde ist. Denn es wird nicht mehr lange dauern, bis die beiden sich auf ihre Matten legen. Und mit den anderen wird es genauso sein.

Vielleicht ..., denkt Phirin, aber er wagt es nicht den Gedanken zu Ende zu führen. Immer öfter schaut er hinüber zu Vanna, seiner Frau. Ohne es sich wirklich einzugestehen, ahnt er, dass er das ohne sie alles nicht schaffen würde. Gut, dass er ein Mann ist und Rechte hat!

Aber wann gibt sie ihm das Zeichen, das sie verabredet haben? Er greift nach einem gegrillten Hühnerbein und beißt hinein. Zu viel Chili, zu wenig Knoblauch! Egal. Gut geröstet ist es jedenfalls. Und saftig. Wie lange hat er nicht in solches Fleisch hineingebissen? Der Knochen, unvollständig abgenagt, landet vor zwei dösenden Hunden im Sand. Sie erschrecken, springen auf und gehen sofort in Verteidigungsstellung. Kaum haben sie begriffen, was da in ihrer Nähe zu Boden gefallen ist, geraten sie in einen wütenden Streit über die seltene Beute.

Die halbe Nacht ist fast vorbei. Die Feuer heruntergebrannt. Die Hölzer glimmen nur noch. Einige der Zecher sind schon in ihren Hütten verschwunden. Dafür haben die Frauen gesorgt, die wissen, wann ihre Männer genug haben. Zwei der jüngeren sind dort eingeschlafen, wo sie gegessen und getrunken haben; die anderen halten sich nur noch mit Mühe wach; sie stieren mit glasigen Augen vor sich hin. Kaum, dass sie noch einen Schluck nehmen. Reden tut keiner mehr.

Phirin aber schläft nicht. Je tiefer die Nacht ist, desto wacher, desto unruhiger wird er. Immer wieder schaut er sich im Halbdunkel nach seiner Frau um. Mal hockt sie hier, mal da. Er weiß, dass er sich auf sie verlassen kann. So eine wie sie hat kein anderer im Dorf. Wenn es ihm nur besser gelänge, sich gegen sie durchzusetzen.

Jetzt steht sie neben dem Brunnen, den eine unbedeutende amerikanische Kirche vor ein paar Jahren gesponsert hat, und der schon lange kein Wasser mehr zutage fördert. ‚Joy of Jesus', steht auf dem Schild am Brunnen.

Da! Da ist es! Er hat sich nicht getäuscht. Das Zeichen, das sie verabredet haben! Noch einmal nickt Vanna ihrem Mann zu und verschwindet dann schnell in ihrer Hütte.

3
—

Ein vertrautes Gespräch

Um dieselbe Zeit gellt ein schriller, hysterischer Schrei durch eine vornehme Villa. Das Haus steht 15 km südlich von Paleah, in dem Städtchen Siem Reap. Auf den Schrei folgt das Geräusch von zersplitterndem Glas, gleichzeitig der scheppernde Aufprall eines metallenen Tabletts auf steinernem Fußboden. Danach ist es still. Mucksmäuschenstill. Mehrere Sekunden lang.

„Pardon!", sagt schließlich eine Stimme in das Schweigen hinein. Der Mann, dem sie gehört, wischt sich unwillig die Ärmel seines Jacketts ab; der Champagner, der bei dem Zusammenprall aus den Gläsern geschwappt war und sich über seinen Anzug ergossen hat, tropft auf den Fußboden. Dort liegt, vollkommen verstört und zutiefst unglücklich, eine der sehr jungen Hausangestellten. Sie trägt ein kurzes, schwarzes Kleid mit den deutlich erkennbaren Buchstaben „Ch" am Saum. Um sie herum Glasscherben und Wein-Pfützen. Einige Sekunden ist sie vollkommen benommen von ihrem Sturz. Dann richtet sie sich mühsam halb auf, stützt sich mit der linken Hand auf den Fußboden und reibt sich, dem Weinen nahe, mit der rechten die Augen.

Die zahlreichen Gäste, die sich im Saal und auf der Terrasse zum Garten hin aufhalten, nehmen nur kurz Notiz von dem kleinen Unglück. Als sie sich vergewissert haben, dass nichts Ernsthaftes passiert ist, setzen sie ihre kaum unterbrochenen Gespräche fort. Sie stehen in kleinen Grüppchen zusammen; die meisten halten ein Glas in der Hand, einige eine Zigarette. Der Mann, der das Hausmädchen so unachtsam angestoßen und aus dem Gleichgewicht gebracht hat, überprüft seine Kleidung auf Schäden und mischt sich dann mit einem verunglückten Lächeln wieder unter die Gäste. Das gestürzte, unglückliche Mädchen würdigt er keines Blickes.

„Kannst du nicht aufpassen!", herrscht Channary das Häufchen Elend auf dem Boden mit unterdrückter Stimme an.

„Steh auf!"

Er streckt ihr eine Hand entgegen. Sie rappelt sich mit seiner Hilfe auf, streicht sich das Kleid glatt und schaut verlegen und schuldbewusst an sich herab. Verletzt hat sie sich nicht bei dem Sturz. Doch als sie sich bei ihrem Helfer bedanken will und ihn anschaut, erkennt sie plötzlich, dass es der Hausherr höchstpersönlich war, der ihr aufgeholfen hat. Im selben Augenblick läuft ihr Gesicht über und über rot an. Channary bemerkt das sofort, nicht ohne tiefe Genugtuung. Er ermuntert sie mit einem für seine Verhältnisse ungewöhnlich freundlichen, gönner-haften Blick. Dann versetzt er ihr einen leichten Klaps in die Taille.

„Ab in die Küche!"

Das lässt sich das Mädchen nicht zweimal sagen.

„Bring neuen Champagner!"

Kaum ist sie verschwunden, gibt Channary Anweisung, die Scherben zu beseitigen und den Boden trocken zu wischen. Er beherrscht seine Rolle. Lächelt jovial in alle Richtungen und freut sich diebisch darüber, dass so viele Gäste erschienen sind. Und dass er selbst ein weiteres Mal als Gastgeber glänzen kann. Er ist stolz auf die Villa, die man ihm als Residenz zugewiesen hat, und er genießt es jedes Mal ungemein, wenn sie so festlich geschmückt ist wie heute.

Gerade, als er darüber nachdenkt, welcher von den anwesenden wichtigen Persönlichkeiten er sich als nächster zuwenden soll, steuert seine Frau auf ihn zu. Ausgerechnet jetzt, wo er das kleine Malheur so souverän unter Kontrolle gebracht hat.

„Das musste nicht sein!", zischelt sie. Er schaut sie über-rascht an, sich keiner Schuld bewusst.

„Was musste nicht sein?", fragt er.

„Das mit Botum. Ich hab's genau gesehen."

In Channarys Gedächtnis blitzt sofort die Erinnerung an die Szene auf, die seine Frau meint. Es ist der Moment, als er dem Hausmädchen vom Fußboden aufgeholfen und sich anschließend die tiefe Röte in ihrem Gesicht ausgebreitet hat. Und in dem er ihr, hocherfreut darüber und wunderbar angeregt von ihrer unschuldigen Reaktion, einen ganz besonderen Blick geschenkt hat. Wie herrlich es doch ist, so einem jungen Ding seine Anerkennung zu vermitteln, denkt er.

„Was hast du gesehen?"

Channary schaut Songim, seine Frau, amüsiert an. Er hat es allzu gern, wenn sie ihre Eifersucht so deutlich zeigt, und er lässt sie mit Vergnügen ein bisschen zappeln.

„Du weißt nicht einmal, was Du getan hast?", faucht sie ihn an und beherrscht nur mühsam ihre Stimme; die Gäste dürfen ihren Auftritt nicht bemerken.

„Ja, was denn? Ich hab sie freundlich angelächelt, sonst nichts", sagt er, kann es aber nicht lassen im Ton größter Unschuld hinterherzuschicken, dass er sie zugleich ein kleines bisschen trösten wollte. ‚Trösten' ist natürlich nicht das richtige Wort. Selbst Channary muss sich eingestehen, dass er es mit dieser Provokation übertrieben hat.

„Lass uns später darüber sprechen!", sagt er.

Nein, nicht später, sie will sich nicht so einfach abspeisen lassen. Doch als sie ihren Mund zu einer empörten Entgegnung öffnet, denn was fällt ihm ein, sie erst so abzukanzeln und sich dann jeder weiteren Diskussion zu verweigern, nähert sich einer der Gäste, dem Channary unbedingt seine Aufmerksamkeit schenken will. Das muss sogar seine Frau respektieren. Zähneknirschend, wie Channary weiß. Ohne ein weiteres Wort dreht sie sich um und geht und zerbricht sich den Kopf darüber, ob er Botum, der jungen, fraglos hübschen Angestellten, tatsächlich nur freundlich zugelächelt hat. Oder ob mehr dahinter steckt.

Channary hingegen hat den kleinen Vorfall in Sekundenschnelle vergessen. Er hat Besseres zu tun. Geübt kontrolliert er den Sitz seiner silbernen Fliege, setzt sein zuvorkommendstes Lächeln auf, streckt nach westlicher Angewohnheit die Hand aus und begrüßt sein Gegenüber. Es ist Dr. Müller oder der Deutsche, wie er von fast allen Khmer genannt wird, die ihn kennen, ein leitender Mitarbeiter der Angkor Society.

„Wie schön, dass Sie mir die Ehre geben!", begrüßt ihn der Hausherr nicht besonders einfallsreich. Doch seine Stimme drückt Zufriedenheit aus, denn dieser Gast ist wichtig, seine Anwesenheit schmückt den Gastgeber.

„Aber das ist doch selbstverständlich", entgegnet der Angesprochene. „Was könnte ich mehr genießen als an diesem Abend in Ihrem Haus zu sein." Er lächelt auf eine Art, die nicht erkennen lässt, ob er wirklich meint, was er sagt, oder ob sich hinter seinem Gruß noch etwas anderes versteckt.

Müller, ein junger Archäologe, den die Universität der Stadt Köln zu Forschungszwecken und Ausgrabungen nach Angkor entsandt hat, schmückt sein Kompliment mit einer kaum angedeuteten Verbeugung. Und als Channary den Arm um seine Schultern legt und ihn hinausführt auf die Terrasse - „Darf ich Ihnen etwas zeigen, verehrter Doktor?" -, folgt er ohne zu zögern. Es kann ihm nur nützen, wenn er auf die Vorschläge des Gastgebers eingeht. Und dafür nimmt er manches in Kauf. So hat er es sich angewöhnt, dessen gelegentlich etwas übersteigertes Selbstbewusstsein entweder zu überhören oder ihm, wenn es gar zu aufdringlich ist, mit vorsichtigem Spott zu begegnen. Manchmal macht es ihm allerdings auch Spaß, seine Eitelkeit ein bisschen zu kitzeln; es amüsiert ihn, wenn Channary darauf reagiert wie eine hungrige Ziege auf ein saftiges Blatt, das man ihr unverhofft vor die Nase hält. Zeigen würde Dr. Müller das jedoch nie. Denn ihm ist wohl bewusst, dass er und Channary dieselben Interessen haben. Er weiß auch, wie gerne Channary ins Nationalmuseum oder gar ins Kultusministerium nach Phnom Penh wechseln würde, und dass er dafür ein paar Erfolge vorweisen muss; die Freuden des Lebens sind in der Hauptstadt noch attraktiver als in Siem Reap. Aber auch er selbst braucht Erfolge. Und in Channary hat er einen Partner auf kambodschanischer Seite, der es ihm nicht allzu schwer macht. Im Übrigen ist es durchaus angenehm, regelmäßig in diesem Haus zu Gast zu sein und die Annehmlichkeiten zu genießen, die ihm hier geboten werden.

Channary führt Dr. Müller hinaus in den äußersten Winkel des Gartens. Dorthin, wo das Grundstück an den Fluss grenzt, der die Stadt von Nord nach Süd in zwei Hälften teilt. Mit der Hand deutet er hinüber auf die andere Seite.

„Das Haus mit der Galerie da drüben, sehen Sie das?"

Müller schaut angestrengt in die vorgegebene Richtung.

„Das mit dem schwarzen Dach?"

„Es ist blau. Aber sie haben recht: im Dunkeln ist es tatsächlich schwer zu erkennen."

Müller wartet auf weitere Erklärungen, die aber nicht kommen.

„Was ist mit dem Haus?", fragt er endlich.

Channary schaut ihm ins Gesicht. „Ich könnte es kaufen."

„Nicht schlecht!"

„Gefällt es Ihnen?"

Müller versucht, das Haus am anderen Flussufer genauer zu betrachten, aber es ist schon zu dunkel; mehr als seine Umrisse und die umlaufende Galerie im ersten Stock sind kaum auszumachen.

„Hat natürlich seinen Preis. Wenn Sie Lust haben, werde ich es Ihnen in den nächsten Tagen mal zeigen", erklärt Channary. „Ich könnte mir vorstellen, dass es Ihnen gefällt. Muss natürlich umgebaut werden. Aber schönes Grundstück. Wissen Sie was? Sie kommen einfach mal zum Lunch zu mir, und dann gehen wir hinüber."

Er legt seinem Gast erneut den Arm um die Schulter.

„Und jetzt trinken wir einen ordentlichen Schluck auf unsere Zusammenarbeit."

Die Männer - beide noch relativ jung, etwa Mitte dreißig - haben sich bei ihrer Arbeit gefunden und schnell erkannt, dass sie einander brauchen können.

Der Deutsche, sehr jugendlich und an allem interessiert auftretend, in der Öffentlichkeit zurückhaltend, höflich, zuvorkommend und mit besten Umgangsformen, als Archäologe fast noch ein Anfänger, jedoch sehr ehrgeizig und immer auf der Suche nach spektakulären „Entdeckungen". Es heißt, dass er gute Arbeit leiste. Bei seinen Kollegen ist er jedoch nicht unbedingt beliebt. Nicht immer sind sie einverstanden mit seiner ihnen gegenüber forschen, manchmal drängelnden Art. Sie bewundern aber seine Zielstrebigkeit und achten seine Erfolge.

Channary, kaum drei Jahre älter als Müller, als Abteilungsleiter verantwortlich für die wichtige Außenstelle des Nationalmuseums in Siem Reap, überzeugt auf den ersten Blick durch seine Souveränität. Wo er auftritt - immer aufrecht und kerzengerade! -, steht er im Mittelpunkt. Alles scheint er leicht zu nehmen; die Zuversicht und der Optimismus, die er ausstrahlt, wecken Vertrauen. Seine Studienjahre in Paris haben ihn unübersehbar geprägt; er legt großen Wert auf französische Lebensart. Und er lässt kaum eine Gelegenheit aus, das zu demonstrieren. Die Baguettes, die auf den Tisch kommen, müssen die „französische" Länge haben; die Ansprachen, die er bei offiziellen Gelegenheiten hält, kommen nie ohne französische Randbemerkungen aus. Doch in allem, was er sagt, in seinem Lächeln, in der Art, wie er den Oberkörper streckt, wenn er mit jemandem spricht, lässt sich, wenn man genau hinschaut, eine Spur väterlicher Überlegenheit ausmachen, eine kleine Distanz zu seinem Gegenüber. Aber sie wirkt nicht direkt abweisend. Sie ist nicht unangenehm. Sie flößt Vertrauen ein.

Die beiden Männer erheben die Gläser und stoßen miteinander an. Ein demonstratives Nachschmecken, ein verständiges Kopfnicken, und man versichert sich gegenseitig seines Respektes und seiner Achtung vor dem Können französischer Winzer.

„Und was macht Ihre Arbeit?"

Das ist der Moment, den Müller klug genug war abzuwarten. Er weiß was er braucht, um erfolgreich zu sein. Denn die Arbeit in diesem Land ist mühsam und kostet Nerven. ‚Ein dickes Brett bohren' nennt man es in seinem Heimatland. Oft muss man tausend Umwege gehen, um zum Ziel zu gelangen. Und Geduld muss man aufbringen, unendlich viel Geduld. Letzteres ist nicht unbedingt die Stärke des jungen Wissenschaftlers. Aber in den wenigen Jahren, die er in Kambodscha lebt, hat er doch schon manches gelernt. Deshalb beantwortet er die Frage, die ihm gestellt ist, genauso allgemein, wie sie formuliert war.

„Es geht voran."

Und lächelt Channary ins Gesicht.

„Wissen Sie schon, welches Jahrhundert?"

Müller schaut sich nach den anderen Gästen um. Dann tritt er näher an sein Gegenüber heran und flüstert ihm ins Ohr:

„Ich glaube, frühes 13."

Channary lächelt, als seien all seine Befürchtungen gegenstandslos geworden. Äußerst zufrieden schaut er auf seine Armbanduhr und klopft dem Deutschen auf die Schulter.

4

Wie wunderbar sie tanzt

Ja, ich weiß, hatte Phirin immer gesagt. Aber in der Nacht ist alles anders. Am Tag, wenn es hell ist und die Sonne alles so freundlich anstrahlt, denkt man nur selten an die Götter und schon gar nicht an Geister. Doch in der Dunkelheit, wenn es totenstill ist und beinahe schwarz und nur das Laub und die trockenen Ästchen unter den Füssen rascheln und knacken, dann sind sie plötzlich überall. Sie schießen durch die Luft, lautlos und flink wie Fledermäuse. Sie lassen sich in den Baumwipfeln nieder und beobachten dich. Sie wissen, was du tust. Und dass es nicht getan werden darf.

Phirin steht reglos. Er muss sich orientieren. Den kleinen Beutel mit dem Werkzeug in der Hand, den Rucksack mit den Tüchern auf dem Rücken, steht er und rührt sich nicht. Bemüht sich, die Dunkelheit mit seinen Augen zu durchdringen.

Vor gut einer Stunde ist er aufgebrochen. Das bedeutet, dass er etwa zwei Kilometer geschafft haben könnte. Zwei Kilometer nach Westen. Vielleicht ein paar hundert Meter mehr. Der Wald ist hier nicht so dicht wie an anderen Stellen, aber das Gestrüpp macht Phirin zu schaffen. Vor allem die Wurzeln, die sich über den Erdboden schlängeln und an manchen Stellen wie Schlingen aus ihm herausgewachsen sind. Und die Äste mit ihren spitzen, scharfen Dornen, die zu gemeinen Verletzungen führen können.

Rechts von ihm, im Norden, verläuft, weit genug entfernt, die neue Straße, die die Koreaner gebaut haben. Von ihr ist jedoch nichts zu erkennen, und um diese Zeit, mitten in der Nacht, fährt da auch keine Menschenseele entlang. Kein Auto, kein Motorrad, schon gar kein Ochsenkarren, ja nicht einmal die Heritage Police. Die ist meist zu Fuß unterwegs, wenn überhaupt. Phirin hat beeindruckende Fotos von ihren Leuten gesehen, wie sie nachts mit ihren Maschinenpistolen durch das Gelände streifen. Aber so weit im Norden?

Vorsichtig tastet er sich weiter, behutsam, Schritt für Schritt. Versucht, die Umrisse des kleinen Tempels auszumachen, den er sucht. Ein Tempel, der kaum mehr als eine flache Ruine sein soll; so hat man es ihm beschrieben. Phirin schaut so angestrengt in die Dunkelheit, dass er plötzlich meint überall schwarze Mauerreste zu erkennen. Aber sie alle entpuppen sich als Täuschungen. Da ist nichts, gar nichts. Mach dich nicht verrückt, denkt Phirin. Geh einfach weiter. Und das tut er, obwohl es ihm von Schritt zu Schritt unheimlicher wird. Es kann doch nichts passieren, redet er sich ein. Was soll schon passieren? Ich hab doch noch gar nichts getan!

In manchen Momenten weiß er nicht, ob er friert oder schwitzt. Dann beginnt er an dem, was er vorhat, zu zweifeln. Doch jetzt kann er nicht mehr zurück. Und dann macht er, frisch entschlossen, wieder ein paar Schritte vorwärts, starrt angestrengt in das Dunkel vor sich und spürt auf einmal, wie sich seine Finger um den kleinen Beutel krampfen. So klein er ist: er ist schwer. Die Taschenlampe, die er extra für diese Nacht erhalten hat, zählt kaum. Aber der Hammer und der Meißel, die er auch darin verborgen hat, die haben ein erhebliches Gewicht. Zuerst hatte Phirin das gar nicht wahrgenommen, aber jetzt kann er es nicht mehr ignorieren. Der Rucksack auf seinem Rücken dagegen ist leicht; die Tücher darin sind dick, aber sie wiegen fast nichts. Und trotzdem: auch sie erinnern ihn natürlich an das, was er vorhat, und er kann an nichts anderes mehr denken.

Die Ortsbeschreibung, die er bekommen hat, ist einfach. Ein Irrtum ist kaum möglich. Die Frage ist nur, ob er es fertigbringen wird, den schweren, rechteckigen Stein umzudrehen, von dem sie gesprochen haben. Er liege schräg, auf einer Bodenwelle, hat man ihm gesagt, das mache es einfacher. Und dass man den Boden darunter an einer Stelle ausgehöhlt und ein dickes Stahlrohr hinter der Mauer ganz in der Nähe abgelegt hat; das könne er als

Hebel benutzen.

Ist das der Tempel, da hinten? Phirin bleibt stehen. Die schwarzen Schatten: haben sie sich bewegt? Die dunklen Gebilde weit vor ihm fangen an ineinander zu verschwimmen, beginnen zwischen den Bäumen umher zu schwanken. Hat er doch zu viel Bier getrunken? Phirin schließt die Augen und öffnet sie wieder. Nein, sie bewegen sich nicht. Das ist kein Hirngespinst. Da stehen Mauerreste. Oder? Sein Atem geht schneller. Ruhig!, sagt er sich und nähert sich vorsichtig. Das muss er sein. Moment! Ist er wirklich allein hier? Mehrere Minuten lang steht er da und rührt sich nicht. Aber da ist nichts. Nur die Hammerschläge: die wird man weit hören können. Er muss sich beeilen. Einmal begonnen, darf er nicht zögern, sondern muss so schnell wie möglich seine Arbeit zu Ende führen und wieder verschwinden.

Doch so weit ist es noch nicht. Schritt für Schritt bewegt Phirin sich vorwärts, ganz langsam. Fast nach jedem Meter schaut er sich um, mehrfach, schaut in alle Richtungen, bevor er wieder einen Schritt wagt.

Und dann hätte er beinahe laut aufgeschrien und wild um sich geschlagen, denn er hat, ganz deutlich, einen Luftzug hinter sich gespürt. Irgendetwas hat seinen Nacken gestreift. Er hört ein Flattern, ein grässliches, jammerndes Piepsen, das klingt, als versuche irgendein Wesen seinen Namen zu rufen. Instinktiv duckt Phirin sich, läßt den

Beutel fallen und schließt die Augen, presst seine Hände an die Ohren. Nein, er hätte nicht gehen dürfen, jetzt weiß er es. Aber nun ist es zu spät darüber nachzudenken, ob die Geister ihn übersehen würden, und ob er es nur dieses eine Mal riskieren sollte. Still und ergeben erwartet er, was mit ihm geschehen wird. Minutenlang hockt er am Boden. Wie jemand, der, von Panik gelähmt, widerstandslos auf seine Hinrichtung wartet. Doch zu seinem unermesslichen Erstaunen geschieht nichts. Trotzdem dauert es lange, bis er es wagt, unter seinen Augenlidern hervor zu blinzeln. Ist er vielleicht schon bestraft? Ist er selber schon ein Geist?

Phirin spürt Durst. Vorsichtig, als könne jede Bewegung sein Ende bedeuten, tastet er nach dem Beutel und der Flasche, die er auch eingepackt hat. Nimmt einen Schluck. Und ist beinahe erstaunt, als es sich anfühlt wie immer, wenn Wasser seine Kehle durchströmt.

Vorsichtig erhebt er sich. Vielleicht war es nur ein Vogel, denkt er und versucht, sich wieder zu beruhigen.

Doch, das muss der Tempel sein. Jetzt ist er sich seiner Sache sicher. Ja, das sind Fensterhöhlen, die sich aus den Mauern schälen, von Gestrüpp überwuchert. Fenster und Türöffnungen, aus denen Bäume hervorwachsen.

Phirin nähert sich vorsichtig. Die Mauern oder das, was von ihnen noch steht, sind über und über von Flechten bewachsen. Dazwischen, auf dem Boden, liegen Steinquader durcheinander, übereinander, herabgestürzt nach vielen Jahrhunderten. Im blassen Schein der Taschenlampe erkennt er verwitterte Figuren im Stein.

Kein Leben regt sich hier. Jedenfalls ist keines zu sehen oder zu hören. Nur der eigene Atem, denkt Phirin. Der ist ihm noch nie aufgefallen. Und die Gedanken, die ihm durch den Kopf rasen. Hat man ihm eigentlich gesagt, wie der Tempel heißt? Er ist nur klein, haben sie gesagt, viel, viel kleiner noch als Banteay Srei, der weiter nördlich liegt, an der Straße nach Kbal Spean.

Aber wo ist die Bodenwelle mit dem Stein?

Phirin streift, sorgfältig darauf achtend, wohin er seine Füße setzt, um die Ruine herum. Mehr als eine Ruine ist es wirklich nicht, eher ein Skelett, denn das Dach ist vollständig eingestürzt. Auch die Türstürze, die Fensterstürze liegen am Boden, als habe ein erzürnter Dämon um sich geschlagen und den Tempel mutwillig zerstört. Viele der Steine sind bemoost oder zum Teil überwachsen. Aber sie sind trocken. Die Fußsohlen gleiten nicht aus auf ihnen, es hat viele Wochen nicht geregnet.

Da, ist das die Bodenwelle, die der Mann mit dem Goldring gemeint hat? Phirin war sofort aufgefallen, was für einen massiven, goldenen Ring dieser bullige Kerl am Mittelfinger trägt. Ja, das ist sie. Und da liegt auch ein Stein. Das könnte er sein! Vorsichtig nähert sich Phirin und entdeckt zu seiner eigenen Überraschung sehr bald die Aushöhlung darunter. Und das Stahlrohr, von dem der Mann gesprochen hatte? In der Dunkelheit ist es schwer etwas zu erkennen. Aber da liegt es tatsächlich, nicht weit entfernt hinter der Mauer. Phirin ist erleichtert. Er legt den Beutel auf einem größeren Steinquader ab, den Rucksack daneben, und greift nach dem Stahlrohr. Wiegt es in der Hand. Es ist schwer. Vorsichtig tastet er sich damit vor in die Höhlung unterhalb des Steines. Mühelos, tief dringt es ein. Kein Zweifel: alles ist genauso vorbereitet, wie man es ihm gesagt hat!

Nachdem er mehrmals tief eingeatmet hat, hebt er das Rohr etwas an, bückt sich, stemmt es dann mit beiden Händen hoch, schiebt seine rechte Schulter darunter und versucht sich aufzurichten. Der Stein ist schwer, sehr schwer. Phirin hält die Luft an und lässt das Rohr nach wenigen Sekunden erschöpft wieder absinken, schnappt nach Luft. Doch kurz darauf sammelt er von neuem all seine Kräfte, aber erst nach vielen Versuchen gelingt es ihm tatsächlich, den Stein weiter und weiter anzuheben, so weit, bis er den Schwerpunkt überwinden und den Block mit einem schweren, dumpfen Schlag auf die andere Seite kippen kann. Phirin stöhnt auf nach der Anstrengung, atmet schnell tief ein und aus wie nach einem kraftraubenden Lauf. Als er sich endlich beruhigt hat, greift er nach seiner Taschenlampe und richtet sie auf den Stein.

Da ist sie, die Apsara! Ihre Umrisse, die Beine, die

Arme, der Kopf mit seinem Schmuck: alles ist deutlich zu erkennen. Phirin leuchtet sie mehrmals ab. Wie wunderbar sie tanzt! Immer wieder lenkt er den Lichtstrahl auf ihren Kopf, lässt ihn über die Brust und den schlanken, taillierten Körper hinabgleiten über das linke, das rechte Knie bis zu den Zehen. Selbst die Zehen sind deutlich wahrzunehmen. Trotz der Anspannung erkennt Phirin für einen kurzen Augenblick die Schönheit dieser Figur. Wie groß mag sie sein? Er spannt Daumen und Mittelfinger seiner rechten Hand weit auseinander und misst nach: Etwa anderthalb Spannen, also rund 30 cm. Und das Gewicht? Wird er sie überhaupt tragen können? Er darf nicht zu tief eindringen in den Stein.

Phirin legt die Taschenlampe auf einer nahen Mauer so ab, dass sich ihr Lichtstrahl auf die Figur richtet. Dann umwickelt er den Kopf des Meißels mit einem Tuch und setzt ihn oberhalb des Kopfes an. Der erste Schlag kommt vorsichtig; trotzdem erscheint Phirin der gedämpfte Ton viel zu laut, so dass er zusammenzuckt. Das war weit zu hören! Viel zu weit! Das kann er nicht wagen. Aber er muss es. Er hat sich verkauft. Und nun hat er keine Wahl mehr: jetzt muss es schnell gehen.

5

Eine private Einladung

Um dieselbe nächtliche Stunde - während Prungnie in Bangkok immer noch seinen Geschäften nachgeht und Phirin aus Paleah im Dunkeln arbeitet - nähert sich ein älterer Mann der Villa Channarys in Siem Reap. Er heißt Nhean. Bis vor wenigen Wochen noch hat er als Büroangestellter im sogenannten Kleinen Phnom Penh gearbeitet, wie alle in Siem Reap die Zweigstelle des kambodschanischen Nationalmuseums nennen. Jetzt ist er pensioniert.

Schon kurz nach seiner kleinen Abschiedsfeier hatte ihn jedoch eine private Einladung seines früheren Vorgesetzten erreicht. Nhean zerbrach sich den Kopf darüber. Er konnte sich einfach nicht erklären, was dahinter steckte. So etwas hatte es nämlich nie gegeben während der vielen Jahre, die er gearbeitet hat. Er gehörte ja auf keinen Fall zu dem besonderen Kreis, der regelmäßig und selbstverständlich zu solcher Art Festlichkeit gebeten wird. „Zur feierlichen Einweihung des Brunnens", stand auf der Einladung.

Auch Kunthea, Nheans Frau, hatte wiederholt ihre

Überraschung geäußert und etwas höhnisch gefragt, ob er etwa, wider alles Erwarten, doch noch gebraucht werde in Channarys Büro.

„Da hat er wohl deine Qualitäten ein bisschen zu spät entdeckt!", hatte sie zwar lächelnd, doch mit unüberhörbarer Süffisanz gesagt und sich dabei aufgeplustert. „Aber das geht mir ja genau so. Ich suche ja auch immer noch danach."

Über diese, wie sie fand, äußerst witzige Bemerkung hatte sie sich ausgeschüttet vor Lachen. Nhean hatte aber keine Miene verzogen und nicht geantwortet. Nicht ein einziges Wort. Er hatte nur das kleine Büchlein, das er sich am selben Tag in einem Antiquariat gekauft hatte, nicht ganz unauffällig aus der Tasche gezogen und auf sein kleines Schreibregal gelegt; Schreibtisch konnte man das mühsam an der Wand befestigte Brett mit der kleinen Schreibmaschine darauf beim besten Willen nicht nennen.

„Was hast du da?", hatte sie sofort neugierig gefragt und war damit prompt in die soeben aufgestellte Falle getappt.

„Ein Buch über Heine", hatte er so nebenbei wie möglich geantwortet, „den kennst du ja sicher!"

Bevor Kunthea die kleine Gemeinheit, die in dieser Entgegnung steckte, entlarven konnte, hatte er sie in die Arme genommen, fest an sich gezogen und ebenso fest auf den Mund geküsst. Er schmeckte nach dem Fisch vom Abendessen. „Kochen kannst du aber wunderbar!"

Kunthea kam das „aber" seltsam vor. Doch als Nhean liebevoll darauf hinwies, dass es nun eins-zu-eins stünde, war sie beruhigt. Schließlich ist sie grundsätzlich für Ausgleich und Harmonie, auch wenn ihre große Lust, sich darüber hinwegzusetzen und ihren Mann auf seine kleinen Fehlerchen und Unzulänglichkeiten hinzuweisen, gelegentlich größer ist.

„Sei nett zu deinem Freund!", hatte sie gesagt, als Nhean sich auf den Weg machte. Das war eine von den liebenswerteren Spitzen, an denen sie ihren Spaß hatte. Denn sie wusste ja genau, dass es so etwas wie eine Freundschaft nie gegeben hatte zwischen Nhean und Channary. Ganz im Gegenteil: Nhean war jede Woche mindestens einmal schimpfend nach Hause gekommen, voller Ärger darüber, dass sein Vorgesetzter sich wieder einige kleine Extras in Gestalt angenehmer Ausflüge erlaubt hatte. Channary nannte sie ‚Dienstreisen'. Die waren oft nur kurz, manchmal dauerten sie nur einen halben Tag. Aber jedes Mal kehrte er bestens gelaunt zurück. Und Nhean, der nie auch nur ein winziges Stündchen außerhalb des Hauses zu tun hatte, hatte währenddessen wie immer über Akten brüten und seine Kreativität begraben müssen.

Eigentlich hatte er sich vorgenommen, der Einladung zur feierlichen Einweihung des Brunnens nicht zu folgen. Aber als der Abend gekommen war, spürte er eine unerklärliche Unruhe. Und als seine Frau ihre Neugier nicht mehr im Zaum halten konnte und mehrmals darauf hingewiesen hatte, dass irgendetwas hinter der Einladung versteckt sein müsse, das man vielleicht doch wissen sollte - „Halt die Ohren offen, damit du mir etwas erzählen kannst!" -, da hatte er sich auf den Weg am Alten Markt vorbei flussabwärts gemacht, zur Villa Channarys. Zwar war es eigentlich schon viel zu spät. Aber jeder in der Stadt weiß, dass die Festivitäten in der Villa grundsätzlich bis weit in den frühen Morgen hinein dauern, und ein oder zwei Stündchen dabei zu sein wäre vielleicht doch ganz schön. So hatte Nhean gedacht.

Schon von weitem erkennt er die festlich beleuchtete Villa. Channary hat sie in leuchtendem französischen Blau streichen lassen; vor dem dunklen Nachthimmel und neben den einfachen, wesentlich bescheideneren Häusern der Nachbarschaft wirkt sie an diesem Abend wie die Momentaufnahme eines gleißenden Feuerwerks.

Am Eingang erwarten Nhean zwei in Seide gekleidete junge Damen. Ihre Taillen sind so schmal, dass man sich fragen muss, warum sie selbst bei der nur angedeuteten Verbeugung nicht zerbrechen. Nhean ist klar, dass er nicht persönlich gemeint ist, als sie ihn auf unvergleichlich bezaubernde Art begrüßen; trotzdem hat er sofort das unangenehme Gefühl, noch ein paar Zentimeter kleiner zu werden, als er schon ist. Und als sie die Fingerspitzen ihrer zusammengelegten Handflächen achtungsvoll an ihre Lippen führen und er ihren Gruß erwidern will, muss er seinen Kopf ein wenig in den Nacken legen, denn die beiden Empfangsdamen sind deutlich größer als er selbst. Unter dem sehr hoch angelegten Türbogen und zwischen den weit geöffneten Flügeltüren wirken sie dennoch ein wenig verloren. Die eine von ihnen greift in einen Bastkorb und überreicht Nhean, den Arm und das Handgelenk auf unnachahmlich graziöse Weise vorgestreckt, eine winzige Figur aus Bronze. Nhean nimmt das kleine Geschenk entgegen ohne es weiter zu beachten und lässt es in seiner Jackentasche verschwinden.

Ein wenig zögerlich, denn er ist sich seiner Sache nicht sicher, passiert er das Portal und betritt die Empfangshalle. Zu diesem Zeitpunkt ist es schon kurz vor Mitternacht. Aber selbst zu dieser späten Stunde deutet noch nichts auf ein bevorstehendes Ende der Party hin. Bereits vor fünf Stunden ist die Sonne untergegangen, doch hinter dem blauen Haus, im Garten, drängeln sich immer noch dutzende von Gästen und reden und lachen durcheinander. So, wie sie da steif in der Gegend herumstehen oder in kleinen Grüppchen zwischen den Bougainvillea-Büschen hin und her spazieren, ins Gespräch vertieft, die Oberkörper vornüber gebeugt, ähneln sie Flamingos. Immer wieder bleiben einige stehen und tauchen prüfend ihre Hände in das sanft plätschernde Wasser des neu angelegten, türkisfarbenen Brunnens, in dessen Zentrum sich strahlend weiß eine Apsara aus dem Wasser erhebt, eine himmlische Nymphe, eine Tänzerin, wie sie tausendfach an den Wänden der Tempel nicht weit von hier zu sehen ist. Mit dem Unterschied, dass es dort Jahrhunderte alte Originale sind.

Die Frauen scheinen sehr aufmerksam darauf zu achten, dass ihre neueste Garderobe zur Geltung kommt; die Männer übertreffen sich darin, höflich und zuvorkommend aufzutreten und an allem äußerst interessiert zu wirken. Und unentwegt pendeln die schwarz uniformierten Hausmädchen mit dem „Ch" im Saum hin und her zwischen Küche und Terrasse, nicht selten verfolgt von den Blicken der Männer. Woher nur nimmt Channary immer diese hübschen, jungen Dinger?

Nhean hat sich, versorgt mit einer Flasche Angkor Premium Bier, einen stillen Platz auf der leicht erhöhten Terrasse gesucht, direkt an der Hauswand. Von dort aus kann er sich in aller Ruhe einen Überblick über die anwesenden Gäste verschaffen, um später vielleicht gezielt auf den einen oder anderen Gesprächspartner zuzugehen. Das hat er sich zur Angewohnheit gemacht, und damit ist er immer gut gefahren.

„Halt die Ohren offen, damit du mir etwas erzählen kannst!"

Jetzt, wo er da steht und sich aufmerksam umschaut, klingen ihm Kuntheas Worte wieder im Ohr. Sie hatte natürlich gegrinst, als sie das sagte. Aber ohne es sich anmerken zu lassen, hatte er ihre Anspielung auf seine großen, zu seinem ewigen Leidwesen deutlich abstehenden Ohren nicht überhört. Im ersten Moment hatte er zwar eine Bemerkung über ihre nie versiegende Neugier auf der Zunge, doch er war stolz darauf, sie sich verbissen zu haben.

Dr. Müller ist da, das hat er sofort bemerkt. Nhean mag ihn. Zwar hat der Deutsche noch nie das Gespräch mit ihm gesucht, obwohl er die Khmer-Sprache ganz gut beherrscht. Doch wenn er mal in das Kleine Phnom Penh kam, in Channarys Dienstvilla, war er immer höflich und ihm, Nhean, niemals herablassend begegnet. Er hat den Ruf, ein ausgezeichneter Kenner der Geschichte Angkors zu sein, besonders natürlich der Kunstgeschichte. Und es sieht so aus, als würden er und Channary sich gut ergänzen. Jedenfalls scheint Channary großen Wert darauf zu legen, den Doktor so oft wie möglich in seiner Nähe zu haben. Nhean hatte mehrfach Anträge bearbeiten müssen, in denen der Deutsche um kleinere oder größere Genehmigungen bat, etwa die Erlaubnis, in einem bestimmten Gebiet forschen oder gar graben zu dürfen. Und soweit Nhean das beurteilen konnte, hatte Channary diese Anträge immer äußerst wohlwollend beschieden. Manchmal war Nhean sogar dabei gewesen, wenn sich sein Chef und der Deutsche über irgendein Detail ihres gemeinsamen Arbeitsgebietes, die Archäologie, unterhalten hatten. Dabei hatte er jedes Mal den Eindruck, dass Channary sich sehr gern die wissenschaftlichen Erläuterungen des Doktors anhörte und keineswegs bemüht schien, eigene Kenntnisse dagegen zu setzen, etwa um seine Professionalität unter Beweis zu stellen.

„Na klar, dein Chef braucht ihn doch!", hatte Kunthea einmal gesagt, als sie sich darüber unterhalten hatten. Daraufhin hatte Nhean nur mit dem Kopf geschüttelt und entgegnet, dass es genau umgekehrt sei.

„Channary muss nur seinen kleinen Finger rühren, und der Deutsche sitzt auf dem Trockenen."

Der Deutsche steht nicht allein da, Channary ist bei ihm. Die beiden haben sich in die äußerste Ecke des Gartens zurückgezogen. Nhean kann sie von seinem Platz auf der Terrasse gut beobachten; sie befinden sich in einem intensiven Gespräch. Das heißt, Channary versucht dem Deutschen, wie es aussieht, irgendetwas klarzumachen, während der hauptsächlich zuhört, kaum spricht. Dann schüttelt er den Kopf, beugt sich hin zu Channary und flüstert ihm etwas ins Ohr. Schließlich gehen sie gemeinsam ein paar Schritte auf das Haus zu, bis Channary dem Deutschen plötzlich auf die Schulter klopft und in einem Pulk von Gästen verschwindet, die um den Brunnen herum stehen.

Bestimmt sechs, sieben Minuten bleibt Nhean an

seinem Platz stehen und beobachtet das Hin und Her der Gäste und der Hausmädchen. Als er schließlich ans Buffet tritt und sich eine kleine Portion Rote Ameisen mit Rindfleisch und Basilikum auf den Teller füllt, hört er, vollkommen überrascht, eine Stimme hinter sich.

„Nehmen Sie doch unbedingt ein kaltes Bier dazu!"

Channary! Er klingt unerwartet zuvorkommend.

„Ich freue mich, dass Sie gekommen sind!"

Nhean dreht sich um und blickt seinem Ex-Chef direkt ins Gesicht. Der hatte ihn, so weit sich Nhean erinnern kann, noch nie so aufmunternd angeschaut.

„Ich hatte, ehrlich gesagt, schon befürchtet, dass Sie meine Einladung nicht ganz ernst nehmen."

„Warum sollte ich das nicht tun?", fragt Nhean und beglückwünscht sich heimlich über seine einfache, aber nicht ungeschickte Gegenfrage. Sie vermittelt ihm ein bisschen Selbstbewusstsein.

„Naja, es ist schon einige Zeit her, dass wir zusammengearbeitet haben."

Stimmt das? Hatten sie wirklich jemals zusammengearbeitet?, fragt sich Nhean.

„Eigentlich finde ich es schade, dass Ihr Büro so leer steht."

In diesem Augenblick schlüpft die sehr junge Hausangestellte, die zu Beginn des Abends so unglücklich gestürzt war, an ihnen vorüber. Channary sieht kurz hinter ihr her.

„Vielleicht wissen Sie, dass ich Ihre Stelle noch nicht wieder besetzen darf. So hat Phnom Penh jedenfalls entschieden. Warum, weiß keiner. Sagen Sie mal", Channary nimmt einen Schluck aus dem Glas, das er in der Hand hält, und tritt noch einen kleinen Schritt näher an Nhean heran, „vermissen Sie eigentlich Ihre Arbeit?"

Wäre ein Geländer oder ein Stuhl in der Nähe gewesen, Nhean hätte spontan Halt gesucht. Denn was bewegt Channary, ihm diese Frage zu stellen? Jahrelang hatten sie tagtäglich im selben Haus gearbeitet, wenn sein ehemaliger Chef nicht gerade auf einer ,Dienstreise' war, doch eine so persönliche Frage hatte ihm Channary noch nie gestellt. Was führt er im Schilde? Was hat er im Hinterkopf?

„Ehrlich gesagt: nein!", entgegnet Nhean etwas zögerlich und fügt, und das meint er sehr aufrichtig, hinzu: „Wie kommen Sie darauf?"

Hat Channary diese Frage überhaupt gehört? Er hat sich umgedreht und gibt einer der jungen Angestellten, die gerade vorbeikommt, eine Anweisung; dabei zeigt er in Richtung Garten. Dann verfolgt er sie aufmerksam mit seinem Blick und ist erst zufrieden, als sie sich dort zwischen den vielen Gästen verliert.

„Wie ich darauf komme?"

Nhean ist verblüfft, dass sein Chef, in Gedanken nennt er ihn immer noch so, das Gespräch wieder aufnimmt.

„Vielleicht fällt Ihnen ja zu Hause mal die Decke auf

den Kopf", sagt er. Und es klingt wie eine kleine, neckische Verschwörung unter Freunden, als er, nachdem er sich vergewissert hat, dass niemand zuhört, ein wenig genauer wird: „Oder Sie möchten mal ein Stündchen ohne das süße Aroma sein."

Fast hätte Nhean sich verschluckt. Woher weiß Channary, dass seine Frau Kunthea heißt, was tatsächlich soviel bedeutet wie ‚süßes Aroma'? Es wirkt wie eine augenzwinkernde Entschuldigung, als Channary ihm besänftigend auf die Schulter klopft.

„Nein, ganz im Ernst, Sie sind wirklich jederzeit bei uns willkommen, und wenn es nur auf ein Tässchen Kaffee oder ein Glas Wasser ist. Vielleicht kann ich ja doch noch den einen oder anderen Rat von Ihnen gebrauchen."

Channary lacht laut auf und klopft dem verblüfften Nhean kräftig und ein wenig gönnerhaft, wie er empfindet, auf die Schulter; dann wendet er sich ab und verschwindet im Garten.

Nhean gibt sich Mühe, nicht allzu betreten auszusehen. Er kommt sich ein wenig überfahren vor. Natürlich hatte er schon öfter gehört, dass seine Stelle noch nicht wieder besetzt ist. Aber dass Channary das ihm gegenüber anspricht! Meint er es tatsächlich ernst mit dem Angebot, gelegentlich an seiner alten Arbeitsstelle aufzutauchen? Was Kunthea wohl dazu sagt?

Nhean ist ratlos. Obwohl er gar keinen Appetit mehr

hat, füllt er seinen Teller noch einmal auf: Eine Frühlingsrolle, etwas Papayasalat, einen Löffel Reis. Aber es schmeckt ihm nicht. Kurz entschlossen stellt er ihn auf einem kleinen Tischchen ab. Und da auch niemand ein Gespräch mit ihm sucht und er nicht so recht weiß, was er tun soll, schaut er, als wolle er sein Verhalten begründen, auf seine Armbanduhr, schüttelt, den Überraschten spielend, den Kopf und verlässt schnell das Haus. Vielleicht schläft Kunthea noch nicht.

6

Motorengeräusche

Jetzt muss es schnell gehen! Wieder schlägt Phirin zu.
Und noch einmal. Doch schon nach wenigen Versuchen
wird ihm klar, dass er so nicht weiterkommt. Das Tuch,
das er mehrfach um den Kopf des Meißels gewickelt hat,
dämpft nicht nur den Widerhall der Schläge, es nimmt
ihnen auch die Durchschlagskraft. Unschlüssig, ratlos
hält er inne und wischt sich mit dem rechten Handrücken
über die Stirn, auf der sich längst Schweißtropfen gebildet
haben. Schaut verängstigt um sich. Hat ihn wirklich noch
niemand gehört? Vielleicht ist es doch besser, das Tuch
wieder abzuwickeln und in Kauf zu nehmen, dass die
Schläge meilenweit zu hören sind. Er wäre dann jedenfalls
viel schneller ...

Phirins Augen haben sich an die Dunkelheit gewöhnt.
Immer klarer erkennen sie die Umrisse der Figur im
Stein. Wie anmutig sie ist! Wie verträumt, wie entrückt
sie tanzt! So leicht und graziös! Ohne sich darüber klar zu
werden, empfindet er einen Augenblick lang so etwas wie
Dankbarkeit dafür, dass die Apsara ihre Augenlider fast

geschlossen hat.

Noch zögert er. Doch dann setzt er den Meißel rechts unterhalb ihrer linken Schulter an und schlägt entschlossen zu. Einmal, zweimal, immer von neuem. Die Schläge, die durch die Nacht hallen, müssen ihm gleichgültig sein. Entweder hat man ihn längst gehört oder er kann gefahrlos und ohne jede Rücksicht darauf, entdeckt zu werden, weitermachen.

Wieder und wieder setzt er den Meißel an. Der Stein ist hart. Kleine Splitter jagen bei jedem Schlag in alle Richtungen, einer trifft ihn am Hals. Doch darauf achtet Phirin nicht. Er schlägt und schlägt. Hundert Dollar soll er bekommen; 10 kleine Scheine will er haben, nicht einen großen, das hat er verlangt. Ein, zwei Millimeter dringt der Meißel schon ein. Aber noch haftet die Apsara so unerschütterlich fest wie seit hunderten von Jahren. Doch Phirin gönnt sich keine Pause. Jetzt ist ihm alles gleichgültig. Einmal begonnen, muss er die Arbeit möglichst rasch zu Ende führen. Muss zuschlagen, bis er die Figur aus dem Mutterstein herausgelöst hat. Einmal rutscht ihm der Meißel aus, einmal trifft er seinen Kopf nicht genau, rutscht ab und spürt einen heftigen Schmerz im linken Handgelenk. Aber er kann es noch bewegen, es scheint nicht ernsthaft verletzt zu sein. Weiter! Schweiß tropft von seiner Stirn. Mehr und mehr spürt Phirin die Erschöpfung, aber er lässt nicht nach in seiner Anstrengung. Immer wieder holt er aus mit seinem rechten Arm. Und dann, plötzlich, dringt der Meißel ganz tief ein in den Stein. Findet kaum noch Widerstand. Noch einmal und noch einmal. Und dann schlägt er fast ins Leere; die Figur löst sich vom Mutterstein und fällt hinab auf den weichen Erdboden.

Urplötzlich ist es still, so still, als hätten sich Bäume und Sträucher und Steine, ja: selbst die Nacht zu Tode erschrocken. Phirin steht da und läßt die Arme hängen. Nur sein Brustkorb hebt und senkt sich. Sein Herz rast. So schnell wie noch nie, denkt Phirin. Wie eine elektrische Pumpe. Er stößt die Luft aus der Lunge und schnappt nach neuer, frischer, als könne er nie mehr genug davon bekommen. Erst nach unendlich langen Minuten, so kommt es ihm jedenfalls vor, gewinnt er die Kontrolle über sich zurück und legt Hammer und Meißel aus der Hand. Doch als er sich hinabbückt, um die Apsara vom Boden aufzuheben und genauer zu betrachten, jagt ihm ein fürchterlicher Schreck in die Glieder: der linke Unterarm der kleinen Tänzerin ist weggebrochen. Und ebenso, auf derselben Seite, der Unterschenkel. Phirin greift wie betäubt nach der kleinen Figur, hebt sie vom Erdboden auf und hält sie sich vor die Augen. Sie ist schwerer, als er gedacht hat. Und sie ist beschädigt.

Wieder steht Phirin einfach nur da und regt sich nicht. Was soll er tun? Ruhig bleiben, schießt es ihm durch den

Kopf. Doch das ist leichter gesagt als getan. Kaum hat er einen Gedanken gefaßt, entkommt er ihm wieder. Keinen kann er zu Ende führen. In seinem Kopf hämmert es genauso wie eben auf dem Stein. Und ohne sich darüber klar zu sein, was er tut, nimmt er den Meißel und den Hammer und die Taschenlampe und stopft sie hastig in den Rucksack. Die Figur umhüllt er mit dem Tuch und behält sie in der linken Hand. Dann wendet er sich um und macht sich auf den Weg zurück.

Schon nach wenigen Sekunden bleibt er wieder stehen und horcht regungslos in die Dunkelheit, doch noch immer ist es vollkommen still. Trotzdem nimmt seine Angst zu. Unschlüssig geht er weiter, schrittweise, schleichend, und bleibt erneut stehen. Kann er die Figur so abliefern, wie sie ist? Was wird sein Auftraggeber sagen, wenn er sieht, dass sie beschädigt ist? Wird er ihm die versprochene Belohnung geben? Kann er, Phirin, vielleicht sogar froh sein, wenn er mit einem blauen Auge davonkommt? Er wollte sie doch nicht zerstören, die Figur! Und 100 Dollar, so viel hat er noch nie in der Hand gehabt! Laut und verzweifelt stöhnt er auf. Es ist wie ein erstickter Hilfeschrei.

Und dann, im selben Augenblick, sieht er es. Weit entfernt, doch klar erkennbar schiebt es sich langsam von rechts nach links. Phirin steht wie erstarrt. Wagt kaum, das Licht mit seinen Augen zu verfolgen. Aber das Motorengeräusch, das hört er. Laut ist es nicht. Im Gegenteil, es wird leiser. Und dann ist es plötzlich wieder weg. Phirin hört angestrengt in die Richtung des Lichts. Aber er hört nichts. Doch: eine Autotür schlägt zu, weit entfernt. Phirin erschauert. Niemand darf ihn hier sehen, niemand! Er muss weg!

Tief geduckt, ohne Rücksicht auf knackende Äste, die Figur immer noch fest in der linken Hand, schleppt Phirin sich durch die Nacht. Weg von dem Licht, nur weg von dem Motorengeräusch, das, seit es aufgehört hat, noch bedrohlicher geworden ist. Die Heritage Police schießt ohne Warnung. Und wenn sie nicht schießt, sondern ihn fängt ... die Angst, die Phirin umklammert, ist unerträglich. Aber er muss klaren Kopf behalten. Nur die Figur, die Apsara, die muss er loswerden!

Abrupt bleibt er stehen. Ein letzter Funke Klarheit arbeitet in seinem Kopf: der ausgetrocknete Bachlauf wenige Meter vor ihm, nur schemenhaft zu erkennen, der ist ein gutes Versteck! Phirin ist im Nu da, wirft das Tuch mit der Figur auf den Erdboden, bückt sich und fängt an mit bloßen Händen zu graben. Bald spürt er Dornen an den Händen und unter den Fingernägeln, doch die Schmerzen, die sie ihm zufügen, machen ihn nur noch wilder. Der Meißel!, fällt ihm ein. Er reißt sich den Rucksack vom Rücken, greift nach dem Meißel und bearbeitet mit ihm den Boden. Zieht ihn mit der Spitze immer wieder über den harten Sand. Ja, das geht. Das geht besser, das Loch wird tiefer. Und als es ihm tief genug erscheint, nimmt er die Figur, drückt sie fest auf den Boden der Aushebung wie in ein Grab, wirft sich mit dem Oberkörper über die Mulde, breitet seine Arme zu beiden Seiten weit aus und zieht und schiebt den Sand zurück in das Loch unter sich, als wolle er ihn fest umarmen, begräbt die Figur unter sich und dem Sand, trampelt den lockeren Boden fest und bedeckt ihn schließlich mit herumliegenden Ästen und Blättern.

In seiner Panik hat Phirin längst die Orientierung verloren. Aber er muss weiter. Zurück nach Paleah, zurück in sein Dorf, in den Schutz seiner Hütte. Immer erschöpfter vor sich hin stolpernd, beginnt er mit sich selbst zu reden. Ruhig! sagt er sich, bleib ruhig! Niemand hat dich gesehen, niemand hat dich gehört. Aber sicher ist er sich dessen nicht. Er ist sich nicht einmal sicher, ob er in die richtige Richtung geht oder sich vom Dorf entfernt. Da ragen Bäume empor, einzelne, ganze Gruppen. Aber kennt er sie? Hat er sie schon jemals gesehen?

Plötzlich stolpert er. Ein Graben! Er durchquert ihn und steht auf einer Straße. Das muss die Straße der Koreaner sein; eine andere gibt es nicht hier in der Nähe. Phirin überlegt nicht lange. Er wendet sich nach rechts und huscht geduckt am Rande der Straße entlang, bis er auf die Reste eines Ochsenkarrens stößt, die im Graben neben dem Asphalt liegen. Da endlich atmet er auf. Er weiß: von hier aus muss er sich über den Trampelpfad von der Straße entfernen, bis zu der kleinen Plantage der Teakbäume. Und dann findet er sein Dorf im Schlaf.

Aber an Schlaf ist nicht zu denken. Phirin liegt auf seiner Matte und starrt in die Luft, ohne etwas zu sehen. Vanna, seine Frau, steht neben ihm und schweigt. Sie hat ihm sofort angemerkt, dass etwas schiefgegangen ist. Phirin muss ihr nichts erzählen. Erst, als es dämmert, findet er endlich Schlaf. Und Vanna lässt ihn allein.

7

Trautes Heim

Nhean könnte eines der vielen Tuktuks nehmen, die vor Channarys blauer Villa warten, aufgereiht am Straßenrand. Zwei oder drei der Fahrer, die sich auf den Rückbänken ihrer Fahrzeuge zusammengekauert haben und zu schlafen versuchen, schrecken auch sofort hoch, als er das Haus verlässt. Ein Kunde? Nein, Nhean will zu Fuß gehen. Er genießt es, in den frühen Morgenstunden bedächtig am Fluss entlang nach Hause zu promenieren, wenn die Luft angenehm ist. Sie ist dann nicht nur kühler, sondern auch sauberer. Die Autos und Motorräder, die von morgens bis abends unentwegt die Stadt von einem Ende zum anderen durchqueren und die Luft buchstäblich volldampfen, sind fast alle verschwunden.

Wie schnell sich alles verändert, denkt Nhean. Er kann sich gut an die Zeit ohne Touristen erinnern, als Siem Reap nicht viel mehr als ein großes Dorf war. So lange liegt sie noch gar nicht zurück. Aber dann, als die Roten Khmer fast endgültig besiegt waren und die Unesco die Tempel von Angkor zum Weltkulturerbe erklärt hatte, kamen sie plötzlich von überallher. Aus Amerika, aus Europa, aus Japan, Korea, China und Australien. Die ganze Welt kam nach Siem Reap. Immer mehr Hotels wurden gebaut. Riesige Gebäude mit Zimmerpreisen, die für einen normalen Khmer unvorstellbar sind. Und die Sok San Road, in der Nhean wohnt, und die, so weit er zurückdenken kann, immer eine stille Straße war, befand sich wenige Jahre später am Rand eines brodelnden Vergnügungsviertels. Dort, wo sich jeden Abend tausende Touristen amüsieren. Wo sie sich ausgelassen über die Straßen schieben, lachen, fotografieren, trinken, essen. Wo sie sich lautstark begrüßen und kreischend in die Arme fallen, als hätten sie sich jahrelang nicht gesehen und nicht noch am selben Morgen gemeinsam gefrühstückt. Manchmal hat Nhean das Gefühl, dass seine Wohnung weit und breit der einzige Ort ist, von dem keine dröhnende Musik - oder besser gesagt: rhythmisches Gehämmere - auf die Massen eindrischt.

Als besonders schmerzhaft empfindet er die Schamlosigkeit, in der sich viele der Touristen präsentieren. Die kurzen Hosen der Männer, deren Bünde sich bei manchen von ihnen unter fetten, schweißglänzenden Bäuchen verkriechen. Oder der unsägliche Versuch mancher Frauen, ihre körperlichen ‚Qualitäten' zur Schau zu stellen. Mit liebevoller Sehnsucht denkt er bei solchen Anblicken an die Fettpölsterchen seiner Frau, die sie schamhaft und vollständig zu verbergen pflegt. Und am Tage krabbeln die Verrückten dann wie ein riesiges Volk von Ameisen um die Tempel herum, machen Millionen von Fotos und betatschen mehr oder weniger heimlich die steinernen Brüste der Apsaras. Viele glänzen schon von dem unentwegten Angefasstwerden.

Sehr gemächlich, fast gelassen schlendert Nhean den Weg am Fluss entlang nach Norden, in Richtung des Alten Marktes.

Andererseits, denkt er: was wäre Siem Reap ohne die Touristen? Mit großer Wahrscheinlichkeit immer noch die verschlafene Ansiedlung ohne Elektrizität und ohne all die Arbeitsmöglichkeiten, die es heute bietet. Auch seine Arbeit im Kleinen Phnom Penh, dem verlängerten Arm des großen Museums in der Hauptstadt, hätte es wahrscheinlich nie gegeben. Channary wäre nie nach Siem Reap gekommen, und das Fest zur Einweihung des Brunnens heute Abend hätte nicht stattgefunden.

Plötzlich erinnert sich Nhean an die kleine Figur, die ihm eine der beiden Empfangsdamen Channarys in die Hand gedrückt hat. Er greift in seine Jackentasche und zieht sie heraus. Ja, das hatte er sich schon gedacht: es ist die winzige Nachbildung eines Brunnens. Aus einer billigen Bronze-Legierung. Ganz nett eigentlich. Schade nur, dass er sich den Brunnen im Garten gar nicht angeschaut hat. Ist das kleine Ding in seiner Hand vielleicht sogar eine

Nachbildung des Originals? Er bleibt unter einer Straßenlampe stehen und betrachtet im trüben Licht die winzige Apsara, die aus dem Brunnen herauswächst; dann steckt er die Figur wieder zurück in seine Jackentasche. Channary! Was ist eigentlich passiert, dass er ihn aufgefordert, ja regelrecht eingeladen hat, mal wieder in seinem alten Büro im Kleinen Phnom Penh zu erscheinen? Weil er ihm vielleicht sogar den einen oder anderen Rat geben könnte? Na, ja! Er muss es unbedingt seiner Frau erzählen.

Da vorne ist schon der Kreisverkehr am südlichen Ausgang der Stadt. Von dort aus sind es nur noch ein paar Schritte bis nach Hause. Kunthea schläft wahrscheinlich längst. Die meisten Restaurants und Bars haben bereits geschlossen. Es ist still geworden, wie ein Atemholen. Auch die Plastiksäcke und Kartons mit dem Müll, die überall am Straßenrand abgelegt sind, signalisieren ein vorübergehendes Ende der Hektik.

Nhean überquert den Sivatha Boulevard, biegt links in die Sok San ein und steht bald vor seinem Haus. Ja, auch das hat sich rasend schnell verändert. Früher war da eine Suppenküche im Erdgeschoss, von einer unglaublich fleißigen Vietnamesin betrieben. Ihre Nudelsuppen waren köstlich; die Schalen, in denen sie serviert wurden, riesig, die Brühe kräftig, das Gemüse immer frisch und die Preise niedrig. So niedrig, dass die Frau ihr Geschäft leider aufgeben musste. Jetzt sind da zwei unpersönliche, langweilige Läden. Die Fenster des einen sind mit blauen Vorhängen verhängt. An der Tür steht „Welcome!", und auf der Fensterscheibe „facebook". Und der andere Laden repariert und verkauft Computer. „High Speed" steht da. Nhean lächelt in sich hinein und betritt das Haus.

„Wer ist dieser Heine?"

Hat Kunthea etwa auf ihn gewartet? Sie steht in der geöffneten Wohnungstür und streckt ihm das bewusste Büchlein entgegen; Nheans kleine Spitze, dass sie den Heine doch sicher kenne, hat ihr offenbar keine Ruhe gelassen. Die Augen weit aufgerissen, bohrt sich ihr Blick unausweichlich und strafend in Nheans. Und die Entschlossenheit, die aus ihm spricht, ist endgültig; Ausflüchte oder Entschuldigungen führen zu nichts. Das weiß Nhean. Und was längst nicht auf alle Männer zutrifft: Er mag es, wenn er seine Frau so resolut, so willensstark erlebt. Denn das beweist die Lebendigkeit, die in ihr brennt, und die er so schätzt. Dieser energische Blick ist wie eine Offenbarung. Er verlangt nicht nur etwas von seinem Gegenüber, sondern er zeigt unverkennbar die tatsächliche, unverstellte Gemütslage Kuntheas. Und er verrät ihre Wissbegier, die sie nicht verheimlichen kann, die gestillt werden muss. In diesem Fall: Was geht in dir vor, dass du dir dieses Buch gekauft hast?

Dennoch hat Nhean zunächst eine spöttische Bemerkung auf den Lippen, bevor ihm rechtzeitig einfällt, dass

Kunthea kein Englisch kann. „A companion to his works"
steht auf dem Cover.

„Heine ist ein Schriftsteller", antwortet er, „ein deut-
scher Schriftsteller."

„Was willst du mit einem deutschen Schriftsteller?
Was schreibt der? Woher kennst du ihn? Wo lebt er? Hier
in Siem Reap?" Kunthea lässt sich ganz auf das schöne
Spiel ein, das Nhean so genießt, und das so oft zu einem
wunderbaren Ende führt.

Nhean schließt die Tür hinter sich ab. In aller Sorgfalt
hängt er den Schlüssel an den dafür vorgesehenen Haken.
Dann nimmt er seine Frau in die Arme. Sie lässt es zu,
doch eng an ihn gedrückt trippelt sie wie ein ungeduldiges
Kind von einem Bein aufs andere.

„Wir haben doch neulich die Sendung über den Winter
in Europa gesehen, erinnerst du dich?"

Sie befreit sich aus seinen Armen und guckt ihm schon
ein wenig freundlicher ins Gesicht.

„Wo alles so weiß war von dem Schnee? Und so kalt?"

In der Ahnung unvorstellbarer Temperaturen schüttelt
sie sich.

„Wie kann man da nur leben!"

„Manchmal ist es dort ja auch wärmer", sagt Nhean.
„Aber in der Sendung ist der Name Heine genannt worden.
Das fand ich interessant, ich hatte mir den Namen sogar
aufgeschrieben. Und gestern hab ich ihn zufällig auf

diesem Buch gesehen und es mitgenommen."

Kunthea scheint endlich zufrieden zu sein.

„Es gibt noch Bratreis mit Fisch, willst du etwas?"

Nhean erinnert sich an die Ameisen mit Rindfleisch und Basilikum, an die Frühlingsrolle und den Papayasalat, die ihm nicht geschmeckt haben, und er nickt.

„Und ein Bier dazu? Heute ist Sonnabend!"

Kunthea wartet seine Antwort gar nicht erst ab. Sie dreht sich um und öffnet den Kühlschrank. Nhean betrachtet sie selbstvergessen. Absolut kein Vergleich mit den spindeldürren Empfangsdamen und Hausmädchen bei Channary! Ja, sicher, auch sie hatte sich nach Kräften bemüht schlank zu bleiben. Aber als keine Kinder kamen, die sie sich so gewünscht hatte, und ihre Hoffnung darauf immer geringer wurde, hat sie sich von Tag zu Tag mehr fürs Kochen begeistert. Und selbstverständlich auch fürs Essen. Doch ihr Angebot, ihm eine Flasche Bier zu servieren, weil heute Sonnabend ist, das ist nicht nur ein Angebot, dessen ist er sich sicher. Es ist zugleich auch wieder eine ihrer kleinen Spitzen, eine versteckte Erinnerung daran, wie lächerlich sie es findet, dass Nhean nur am Wochenende Alkohol trinkt. Er sei ein Spießer, hat sie mal gesagt. Er überhäufe sich so mit selbstgemachten Regeln, dass er eines Tages keine Luft mehr zum Leben bekomme.

„Erzähl!", sagt sie.

Sie sitzen in der winzigen Küche. Nhean angelt die Brunnenfigur aus der Jackentasche und stellt sie auf den Tisch.

„Ist das alles?", fragt Kunthea. Sie greift nach der Figur, dreht sie zwischen ihren Fingern hin und her und stellt sie kommentarlos zurück.

„Er hat gesagt, ich solle mal wieder in mein altes Büro kommen."

Kunthea schaut ihren Mann zweifelnd an. Aber nur für wenige Sekunden. Dann ziehen sich ihre Mundwinkel blitzartig nach oben, und sie beginnt so laut zu lachen, dass Nhean sich erschrickt.

„Ich hab doch gesagt, dass er deine Qualitäten ein bisschen spät erkennt", erinnert sie ihn, als sie sich endlich beruhigt hat. Und genauso plötzlich, wie sie in Lachen ausgebrochen ist, wird sie auch wieder ernst, und aus ihrem Gesicht spricht wirkliche Neugier.

„Was meint er denn damit?"

Nhean blickt sie an ohne etwas zu antworten.

„Sag doch schon!"

„Hast Du nicht etwas von Bratreis und Fisch gesagt?"

„Ach, entschuldige!"

Kunthea erhebt sich von ihrem Hocker, zündet eine Gasflamme auf dem Herd an und dreht sie ganz auf. Dann stellt sie den Wok darauf, wartet einige Sekunden und gießt Sojabohnenöl hinein, dass es zischt und dampft, fügt

Zwiebeln und Knoblauch und eine Handvoll Lauchzwiebelchen hinzu, vorgekochten Reis, Gemüse, Gewürze, ein Ei, eine Prise Zucker. Zuletzt frischen, in Würfel geschnittenen Fisch. Nhean schaut fasziniert zu, obwohl er das schon tausendmal gesehen hat.

„Der Deutsche war auch da", sagte er und guckt seiner Frau über die Schulter.

„Und? Hast du ihn gefragt?"

„Wonach?"

„Er wollte mir doch eine von den kleinen blauen Dosen mitbringen, die er immer benutzt. Mit dieser Creme."

Ohne es eigentlich zu wollen, wie zur Bestätigung, wirft Nhean einen flüchtigen Blick auf das kleine Holzbrettchen, das Khuntea an die Küchenwand genagelt hat, höher noch als das Foto von ihrer Hochzeit, fast so hoch wie der Buddha. Dieses Brettchen ist ihr heilig mit allem, was sie darauf abgelegt hat: Streichholzschachteln, ein Kamm, verschiedene kleine Figuren, ein Schlüsselanhänger. Alles aus fremden Ländern. „Souvenirs", nennt sie das, obwohl sie ihr eigenes Land noch nie verlassen hat.

„Ach so, nein, ich habe gar nicht mit ihm gesprochen."

Es dauert kaum drei Minuten, bis Nhean einen gefüllten Teller vor sich stehen hat.

„Und was meint er damit, dass du mal wieder in dein altes Büro kommen sollst?"

„Ich weiß es nicht", sagt Nhean und fängt an zu essen.

„Aber es klang nicht wie ein blöder Witz. Schmeckt gut!"

Kunthea nimmt sein alltägliches Kompliment nicht zur Kenntnis; sie ist zu ungeduldig. Nhean wischt sich mit dem Handrücken über den Mund.

„Vielleicht kann er meinen Rat nochmal gebrauchen", hat er gesagt.

„Aber da muss doch etwas dahinter stecken. Vielleicht kommt er tatsächlich nicht ohne dich zurecht. Den ganzen Bürokram hast du doch immer gemacht."

Kunthea will mehr wissen. Aber da ist nichts, das Nhean ihr noch berichten könnte. Trotzdem redet sie immer weiter auf ihn ein. Redet und redet, während er geduldig zuhört und den Reis genießt.

„Interessiert dich das denn gar nicht?", fragt sie endlich, als er fertig ist.

Nhean legt die Essstäbchen auf den leeren Teller.

„Ach, es wird so viel geschwätzt", sagt er.

„Meinst du mich?", fragt sie, erhebt sich halb von ihrem Hocker und deutet Empörung an.

„Nein, diesmal nicht!", antwortet er auf ihre Anspielung. Er erinnert sich sofort an den außerordentlich ungemütlichen Abend, der folgte, nachdem er ihre Schwatzhaftigkeit mit den dünnen Wänden im Büro verglichen hatte. Die gäben auch viele Geheimnisse preis, die man gar nicht wissen wolle, hatte er gesagt.

„Also was willst du tun?", fragt sie.

„Ich hab keine Ahnung. Irgendwann wird die Zukunft zur Gegenwart. Dann weiß ich es", antwortet er amateurphilosophisch, „komm, lass uns schlafen."

„Bist du müde?"

„Nein!", sagt er. Und sie lächelt ihn an, als habe sie das Gespräch schon vergessen.

8

—

Die Ärmsten der Armen

Am Tag nach der rauschenden Einweihung des Brunnens sitzt Channary in seinem Büro. Er schwitzt. Und wie! Der ältliche Ventilator an der Zimmerdecke direkt über ihm tut, was er kann, aber das reicht nicht. Denn die Hitze kommt von innen. Ausgelöst von einem Telefonat mit dem Deutschen. Wenn es stimmt, was der angedeutet hat, muss Channary mit erheblichem Ärger rechnen. Oder sogar noch mehr.

Quälende Visionen bestürmen ihn, obwohl er mit allen Mitteln versucht, sie zu verdrängen. Immer wieder taucht das Ministerium in Phnom Penh vor seinem inneren Auge auf und lähmt seine Gedanken. Genauer: Er sieht sich in dem endlos langen Flur in der Villa des Kultusministers, an dessen Ende er sein Büro hat. Wer diesen Flur entlanggehen und an die Tür des Ministers klopfen muss, ist erfahrungsgemäß in Schwierigkeiten.

Wie werden seine Vorgesetzten reagieren?

Sein eigenes, so angenehmes Büro weit entfernt von der Hauptstadt, sein vornehmes blaues Haus mit Personal und dem großen Garten, dazu das Haus mit der Galerie und dem blauen Dach auf dem Nachbargrundstück, das er in Gedanken schon gekauft hat - daran will er nicht denken. Und doch trampeln die Bilder davon grausam wie Folterknechte auf seinen Nerven herum.

Channary rutscht nervös auf seinem Stuhl herum und spürt, wie ihm die Schweißtropfen den Rücken hinablaufen. Es wäre leicht, sie zu zählen. Einzeln. Wie sie zuerst langsam über seine Schulterblätter kriechen und dann urplötzlich beschleunigen und in seinem Hosenbund verschwinden.

Immer wieder schaut er auf seine Armbanduhr. Nein, es ist noch keine zwölf. Um zwölf wollte der Deutsche bei ihm sein.

Channary ruft nach seiner Sekretärin und bittet sie um Sodawasser. Nein, kein Sodawasser, lieber einen heißen Tee. Und die Post. Aber die hat er doch schon!

Zuerst verärgert, dann beschämt muss er ansehen, wie das junge Mädchen seine Schadenfreude zu verbergen sucht. Dieses unerfahrene, ahnungslose Gewächs, dass er nur einem Geschäftspartner zuliebe angestellt hat! Wie oft hat er das bereut! Wenn sie nicht so hübsch wäre und die Augenlider unter ihren weichen, schwarz glänzenden Haaren so wunderbar aufschlagen könnte ... es gibt Augenblicke, in denen Channary sich selbst nicht versteht.

Kaum hat das junge Ding sein Büro verlassen, erscheint

Müller. Er schließt, ohne zu grüßen, hektisch, doch sorgfältig die Tür hinter sich, baut sich so dicht vor dem
Schreibtisch auf, dass Channary auf seinem Bürosessel
erschrocken zurückfährt - und sagt einen einzigen, kurzen
Satz: „Sie ist weg." Dann zieht er einen Stuhl zu sich heran,
lässt sich darauf nieder und schweigt.

Channary findet erst allmählich zurück in seine
normale Sitzposition.

„Was heißt: sie ist weg?"

„Ganz einfach: die Apsara. Sie ist weg!"

Müller, der sich gerade erst hingesetzt hat, springt
wieder auf.

„Meine Leute waren heute morgen am Tempel und
haben es sofort bemerkt."

„Und?"

„Sie ist zerstört. Der linke Arm befindet sich noch im
Stein, auch ein Teil des linken Beins."

„Und der Rest?"

„Ist weg."

Channary steht auf und öffnet ein Fenster, schließt es
aber sofort wieder und fragt den Deutschen: „Wer weiß
davon?" Die Aufgeregtheit, die Müller beherrscht, scheint
ihn selber zu beruhigen.

„Das gesamte Team."

„Wie viele sind das?"

„Vier. Aber das wird sich schnell herumsprechen."

Beide schweigen. Müller geht auf und ab im Raum wie ein Panther hinter Gittern; mehrmals scheint er etwas sagen zu wollen, aber jedes Mal entscheidet er sich anders und schweigt. Endlich fasst er einen Entschluss.

„Ich werde die Presse informieren."

Channary zuckt zusammen.

„Wozu soll das gut sein?"

„Ich muss es tun, bevor es sich sowieso herumspricht. Auch wenn es ein Skandal wird. Aber ich bin es meiner Position schuldig. Ich bin verantwortlich."

Channary schweigt. Doch er hat keinen Zweifel: der Deutsche scheint gewillt, seinen Entschluss in die Tat umzusetzen.

„Jeder weiß, dass ich als Ausgrabungsleiter informiert bin. Es wäre dumm verschweigen zu wollen, was passiert ist. Ich würde mich nur verdächtig machen."

Channary nickt mit dem Kopf. Zögerlich, als könne er so schnell nicht beurteilen, welche Konsequenzen die Entscheidung des Deutschen hat. Als wolle er Zeit gewinnen. Er geht ans Fenster, öffnet es erneut und schaut eine ganze Weile hinaus. Unten auf dem Boulevard sind, wie jeden Mittag, fliegende Garküchen aufgefahren. Eine große Gruppe koreanischer Touristen marschiert vorbei, wie alle anderen auch diese im Gänsemarsch. Und alle mit den gleichen unförmigen Kappen.

„Gut", sagt Channary und dreht sich entschlossen um,

„informieren wir die DAILY."

Eine andere Möglichkeit sieht er nicht.

***

Tags darauf kann es jeder lesen. „Unbestätigter Fund brutal zerstört", meldet die DAILY auf der Titelseite ihrer Sonntagsausgabe. Darunter ein großes Foto der zerstörten Apsara, besser gesagt: ein Foto von ihrem Überbleibsel, an dem nur noch ein Teil des linken Arms und des linken Beins zu sehen ist. Und dann heißt es:

‚In einer Tempelruine, die Mitarbeiter der Apsara Society erst vor wenigen Wochen mit besonderer Erlaubnis des Nationalmuseums in Phnom Penh wissenschaftlich untersucht haben, ist es offenbar zu einem bedeutenden Kunstraub gekommen. Eine Apsara-Figur ist aus dem Stein geschlagen und entwendet worden. Nach Auskunft des Deutschen, wie der Leiter der Apsara Society anerkennend genannt wird, handelt es sich bei der Figur um ein kleines, aber besonders wertvolles, ungewöhnlich gut erhaltenes Stück aus der Zeit Jayavarmans VII um 1200.'

Rechts und links des Artikels, der sich sodann ausführlich mit der Rolle und der Bedeutung der Apsaras befasst, sind Interviews mit Channary und dem Deutschen abgedruckt. Jedes in einem eigenen Kasten.

„Wir sprechen von einem winzigen Tempel südlich der Koreanischen Straße, von dem noch nicht einmal bekannt ist, wie er heißt", äußert sich Dr. Müller, über dessen „ü" die Punkte fehlen. „So viel wir bisher wissen, ist er zur gleichen Zeit erbaut worden wie der Bayon, Ta Prohm, Preah Khan und Banteay Chmar. Aber er ist beinahe komplett kollabiert, es stehen nur noch wenige Mauerreste. Die Figur, die Apsara, um die es geht, haben wir erst vor knapp 14 Tagen entdeckt. Der Türsturz, den sie geschmückt hat, war herabgefallen. Wir hatten ihn, um die Figur vor Diebstahl zu schützen, extra umgewendet, so dass die Apsara auf seiner Unterseite lag und nicht mehr zu sehen war."

Gefragt, ob es sich um eine wertvolle Figur handele, sagte Müller:

„Wie wollen Sie den Wert bemessen? Diese Figuren sind einzigartig. Und sie werden ja nicht gehandelt, es sei denn auf dem illegalen Markt." Wieviel man dort dafür bezahlt? „Eine ganze Menge." Für eine Figur wie diese? „Mindestens 100.000 Dollar. Mindestens!"

Channary äußert sich weniger zurückhaltend als Müller.

„Es ist ein Trauerspiel, wie verbrecherische Elemente das gemeinsame Erbe unseres Volkes zerstören, und das nur, um sich selber zu bereichern. Es ist ein Verrat an der Kultur der Khmer!"

Ob er einen Verdacht habe?

Nein, dazu sei es noch zu früh. Aber es sei doch immer dasselbe. Das erkenne man ja an der dilettantischen Art, mit der auch hier wieder vorgegangen worden sei. Meistens stelle sich sehr bald das übliche Muster heraus, nämlich dass da Leute am Werk waren, die aus der untersten Schicht der Bevölkerung stammen. Also Leute, die zu den Ärmsten der Armen gehören und keine Ahnung davon haben, was sie anrichten. Arme Bauern zum Beispiel, von denen es ja leider genug gibt. Leute, die im Auftrag irgendeines verbrecherischen Kunsthändlers handeln und nur ein paar Dollar dafür kassieren. Aber die gestohlenen Figuren werden dann für wahnsinniges Geld in Bangkok oder anderswo verkauft.

Aus allem, was Channary noch darüber hinaus geäußert hat, lässt sich eines ganz deutlich herauslesen: dass es aus genau diesem Grund stets sein Bestreben gewesen sei, der armen Bevölkerungsschicht zu helfen ... und dass die Heritage Police ihre Arbeit tun werde. Der Täter könne nicht weit entfernt leben; es habe ja kaum jemand Kenntnis gehabt von der Existenz der Figur, die erst vor kurzem auf einem kollabierten und überwachsenen Türsturz entdeckt worden sei.

9

Viele Probleme

Zu einer fest verabredeten Zeit, nur wenige Stunden, nachdem die DAILY den Raub veröffentlicht hat, klingelt im Haus am Fluss das Telefon. Prungnie nimmt den Hörer ab, sagt „Moment!" - in einem Tonfall, der tiefste, satte Zufriedenheit verkündet -, legt ihn neben dem überfüllten Aschenbecher ab, verriegelt die Tür, schließt das Fenster zum Fluss und nimmt ihn wieder auf.

„Habt ihr sie?"

Sein Gesicht leuchtet wie bei einer unmittelbar bevorstehenden Ehrung. Aufrecht und voller Erwartung steht er inmitten seiner gläsernen Tischchen und Vitrinen, bereit, die gute Nachricht entgegenzunehmen. Doch noch während er die Antwort auf seine Frage anhört, bereits nach wenigen Augenblicken, findet eine fundamentale Veränderung mit ihm statt. Zuerst in seinem Gesicht, das sich nach und nach verfärbt. Das heißt, zunächst verliert es jegliche Farbe, um kurz darauf genau so rot anzulaufen wie die beiden Streifen in der thailändischen Landesflagge, die das Blut des Volkes symbolisieren. Beinahe gleichzeitig verlieren seine Beine erkennbar an Standfestigkeit, und Prungnie schleppt sich die drei oder vier Schritte hin zu seinem Hocker. In einer Art und Weise, aus der man auf einen baldigen Zusammenbruch schließen könnte. Aber er schafft es. Stumm, offensichtlich schwer getroffen, drückt er hastig die erst vor kurzem angezündete Zigarette im Aschenbecher aus, zündet sofort eine neue an, tut einen tiefen Zug und legt sie auf dem Rand des Porzellanmonstrums ab.

„Und wo ist sie jetzt?", fragt er schließlich. Seine Stimme stöhnt kraftlos, ist kaum zu hören.

„Weiß ich nicht!", sagt es aus dem Hörer.

„Was heißt: weiß ich nicht?"

Prungnies Stimme wird wieder lauter. Er rappelt sich von seinem Hocker auf, den Hörer dicht ans Ohr gepresst, schleppt sich zum Fenster, öffnet es und starrt hinaus auf den Fluss. Der Anrufer scheint jetzt weiter auszuholen und eine längere Erklärung abzugeben.

„Aber Sie wissen doch", unterbricht ihn Prungnie, und seine Stimme klingt jetzt scharf, „Sie wissen doch, wer Ihr Mann ist. Und jetzt hören Sie mal gut zu! Wenn ..."

Er seinerseits wird genauso schnell unterbrochen und nutzt die Gelegenheit, den Hörer in die andere Hand zu nehmen und ans andere Ohr zu pressen.

„Was? Er weiß es selber nicht? Wie kann das denn sein? Arbeitet ihr mit Vollidioten?"

Prungnie greift nach der Zigarettenpackung, fingert sich eine Zigarette daraus hervor und zündet sie an. Erst als sie glüht, bemerkt er die andere, die auf dem Rand des Aschenbechers liegt und noch schwach vor sich hin glimmt.

„Was?", schreit er plötzlich in den Hörer, „vergraben? Wo vergraben?"

Er muss mühsam an sich halten, muss sich kolossale Mühe geben, seinen Gesprächspartner ausreden zu lassen. Eigentlich hätte er verdammt große Lust, den Hörer aus dem Fenster zu schleudern, weit hinaus in den Fluss, wo er nach kurzem Blubbern nichts mehr von sich geben und rasch im tiefen Schlamm der Ewigkeit versinken würde. Aber dann besinnt er sich darauf, dass ihm das nichts nützen würde. Und dass damit die letzte Chance, die er jetzt noch in der Hand hat, buchstäblich ins Wasser gefallen wäre. Also wechselt er seinen Tonfall.

„Gut", sagt er und nimmt die Schärfe in seiner Stimme zurück, „das lässt sich ja alles nicht ändern. Wir müssen geduldig sein. Was haben Sie jetzt vor?"

„Wir müssen warten", antwortet die Stimme aus dem Telefonhörer. „Wenn etwas Gras über die Sache gewachsen ist, muss unser Mann eben genauer suchen. Irgendwann wird er sich erinnern." Und nach einer kurzen Pause fügt sie hinzu: „Das Problem ist nur ..."

„Problem?" Prungnie unterbricht von neuem. „Was für

ein Problem? Hallo? Haaaloooo?"

Die Verbindung ist unterbrochen. Prungnie knallt wutentbrannt den Hörer auf die Gabel und schiebt sinnlos die Papiere auf seinem Schreibtisch hin und her. Es dauert eine Ewigkeit, bis es wieder klingelt.

„Ja?"

„Das Problem", sagt die Stimme, „also das Problem ist, dass unser Objekt nicht vollständig ist. Ein Arm ist beschädigt. Und ein Bein auch."

In Prungnie entsteht das Gefühl, dass ihn jemand, der viel, viel dümmer ist als er, für dumm verkaufen will. Wieder schießt ihm der Gedanke durch den Kopf, den Telefonhörer auf immer und ewig dem Fluss anzuvertrauen. Und als sei das nicht Provokation genug, fragt ihn im selben Augenblick die Stimme, was trotz der Beschädigungen herausspringen würde. Prungnie holt tief Luft. So tief, dass der letzte Zug an der Zigarette einen unwiderstehlichen Reiz in seiner Luftröhre auslöst und ihn für eine ganze Weile außer Gefecht setzt.

„Hallo?", fragt die Stimme mehrmals, „gibt es Probleme?"

Als Prungnie sich endlich wieder unter Kontrolle hat, den Hustenreiz genau so wie seine innere Stabilität, holt er zu einer Art Zusammenfassung des bisherigen Gesprächs aus.

„Die Frage nach dem Ertrag kann ich in diesem Augenblick nicht beantworten; dazu müsste ich die Figur erst einmal zu Gesicht bekommen. Das", und jetzt muss er bitter lachen über die schlichte Logik, die nun folgen wird, „das ist aber kaum möglich, ohne dass Sie die Figur zunächst einmal selbst in der Hand haben. Und wenn das nicht innerhalb der nächsten 24 Stunden ..."

„Moment", wird er unterbrochen, „wollen Sie mir ein Ultimatum stellen?"

Einen ungewöhnlich langen Augenblick lang ist es mucksmäuschenstill in der Leitung. Als warte man sowohl auf der einen als auf der anderen Seite darauf, dass sich das Gegenüber mit dem nächsten Wort eine Blöße gibt. Prungnie beobachtet derweil das Anlegemanöver eines Flusstaxis am Pin Klao Pier. Was haben die bloß gelernt, denkt er, als das Boot einige Meter über den Anleger hinausschießt. Dann hört er erneut die Stimme.

„An Ihrer Stelle wäre ich jetzt ganz still und leise. Vielleicht hilft Ihnen dabei der Gedanke, dass ich Ihren windigen Laden jederzeit auffliegen lassen könnte. Und das wollen Sie doch wohl nicht, oder?"

Prungnie schweigt dazu.

„Ich melde mich", hört er. Dann wird die Verbindung unterbrochen.

10

„Dem geht's dreckig!"

Ob es das Geräusch war oder der Lichtschein, der sich zuerst in sein Gehirn gestohlen hat: das weiß er nicht. Er starrt nur angsterfüllt in die Dunkelheit. Wartet, kaum in der Lage einen Atemzug zu tun. Auf alles gefasst. Und dann kommen sie. Zwei Lichter, dicht nebeneinander. Zuerst sieht er nur eines, aber das ist eine Täuschung; es spaltet sich, näher kommend, auf. Es sind die Scheinwerfer eines Autos. Er will fliehen, doch das ist unmöglich: seine Füße stecken wie festgeschraubt im Erdboden. Das Auto rast auf ihn zu, wütend heult der Motor. Schon kann er den Mann am Steuer sehen, wie er lacht. Ein grässliches, stummes Lachen. Phirin sieht das Gesicht des Fahrers, und er weiß: darin steckt die Lust ihn zu erwischen, ihn fertigzumachen. „Heritage Police" steht auf dem Kühler, der genau auf ihn zuhält. Phirin ahnt, dass er nichts mehr machen kann. Trotzdem schreit er dem Auto entgegen, als könne er es damit aufhalten. Er schreit um sein Leben.

„Phirin!"

Er spürt die Erschütterung. Den Druck auf seiner

Schulter, den Druck von zwei Händen, die ihn wachrütteln.

„Phirin!"

Vanna, seine Frau, hockt neben der Strohmatte auf dem Lehmboden und schüttelt ihn. „Phirin, was ist?"

Phirin ist unfähig ein Wort herauszubringen. Als er die Augen öffnet und endlich begreift, dass er in seiner Hütte liegt, richtet er sich mühsam auf und nimmt die Nachbarn wahr, die sich vor der Türöffnung herumdrücken und neugierig zu ihm hineinstarren, bevor sie sich, von ihm entdeckt, eilends zurückziehen. Dann sinkt er zurück auf die Matte und schließt erschöpft die Augen. Mühsam ruft er sich die vergangenen Stunden ins Gedächtnis.

„Phirin!" Vanna streicht ihm mit der Hand über die Haare, über die Stirn. Und spürt die Angst. Nicht nur ihre eigene, sondern auch die von Phirin.

„Was ist passiert?", fragt sie noch einmal. Es dauert lange, bis er nach ihrer Hand greift und sie nicht mehr loslässt. Viele Minuten lang. Dann löst sich Vanna behutsam aus seinem Griff.

„Du musst dich ausruhen!", sagt sie und verlässt die Hütte.

Erst am späten Vormittag wird Phirin richtig wach. Er riecht die Suppe, die Vanna kocht, erhebt sich mühsam von seiner Matte und tritt, noch immer benommen von den Ereignissen der Nacht, aus der Hütte hinaus ins Tageslicht.

„Phirin, komm, du musst etwas essen!", fordert Vanna ihn auf, kaum, dass sie ihn bemerkt hat. Sie eilt auf ihn zu, nimmt ihn besorgt an die Hand und führt ihn zu einem der Plastikstühle, die verlassen auf dem Dorfplatz herumstehen und an den vergangenen Abend erinnern.

„Setz' dich, die Suppe ist gleich fertig."

Ausdruckslos starrt Phirin vor sich hin. Stumm und unbewegt sitzt er da und rührt sich auch dann nicht, als Vanna eine Schüssel mit Nudelsuppe vor ihm auf den Erdboden stellt. Ja, er nimmt nicht einmal die Kinder wahr, die ungewöhnlich still geworden sind und sich am Rande des Dorfplatzes versammelt haben. Sie stehen dort dicht aneinander gedrängt und schauen unsicher zu ihm hinüber. Müde greift er nach der Schüssel und angelt sich mit den Stäbchen ein paar Nudeln aus der Suppe, schiebt sie sich in den Mund. Zuerst langsam, dann hastiger, seinen Hunger entdeckend, führt er einen Löffel nach dem anderen zum Mund. Die Brühe macht ihn wach. Vanna, die ihn besorgt beobachtet, ist erleichtert.

„Was ist geschehen?", fragt sie schließlich. „Was hast du gemacht?"

Phirin isst und schweigt.

„Phirin!" Vanna rückt näher an ihn heran und fasst seinen Ellenbogen. Aber Phirin schweigt.

In der nächsten Nacht wird er erneut von Albträumen

gequält. Einmal rast das Auto der Heritage Police auf ihn zu und droht ihn zu zermalmen. Und ein andermal hockt er in einem ausgetrockneten Bachlauf und gräbt mit bloßen Händen in Windeseile den Boden auf. Dabei bohren sich Dornen unter seine Fingernägel und verursachen große Schmerzen. Doch er weiß, dass es seine einzige Chance ist diese gräßliche Arbeit fortzusetzen, und verzweifelt gräbt und gräbt er, bis er plötzlich das Donnern einer riesigen Welle hört, die unaufhaltsam auf ihn zukommt und ihn unter sich zu begraben droht. Jedes Mal rüttelt Vanna ihn wach und wischt ihm den Schweiß von der Stirn.

„Sag mir, was ist geschehen?", bittet sie ihn. „Warum hast Du mich um ein Zeichen gebeten, wenn alle schlafen? Sag es mir doch!"

Aber Phirin schweigt. Es ist, als habe er seine Stimme verloren.

Erst am nächsten Morgen spricht er wieder. Doch nur das Nötigste und nicht über das, was in der vorletzten Nacht passiert ist, obwohl Vanna nicht aufhört ihn danach zu fragen. Er hat Angst, in der Wahrheit zu ertrinken, wenn er redet. Und als sein Nachbar ihn bittet, ihm bei einem Transport zum Alten Markt in Siem Reap behilflich zu sein, greift er sofort nach dem Strohhalm. Nur weg aus dem Dorf!, denkt er und hofft auf Ablenkung in der Stadt.

Gemeinsam beladen sie das Motorrad, von dem man

fürchten muss, dass es seinen letzten Kilometer bald hinter sich hat. Sie hängen zwei Bündel mit panisch zuckenden Hühnern, jeweils mit Bastschnüren an den Krallen zusammengebunden, über die Lenkstange und zurren zwei Körbe mit Holzkohle an den Seiten fest. Phirin muss zuerst aufs Motorrad steigen, und als er endlich herausgefunden hat, wie er zwischen den Körben sitzen kann, ohne die Beine allzu sehr zu verdrehen oder mit ihnen in gefährliche Nähe zum Hinterrad zu geraten, reicht ihm der Nachbar noch einen Karton mit Gemüse an, den er festhalten soll. Dann rasselt der Motor, das Gefährt stößt eine schwarze Wolke aus, und es geht los. Vanna schaut ihnen mit gemischten Gefühlen hinterher.

Das Motorrad hält durch. Es schwankt und holpert so über die Lehmpfade voller Schlaglöcher, dass Phirin mehr als einmal glaubt, der Karton mit dem Gemüse springe ihm aus den Händen. Aber es hält durch. Schließlich erreichen sie tatsächlich die asphaltierten Straßen zwischen den Tempeln; von nun an geht es leichter. Und 20 Minuten später rollen sie über die Pokambor Avenue und halten schließlich am Psar Chas, dem Alten Markt, wo Phirins Nachbar gelegentlich einen winzigen Stand betreibt.

Seit die Touristen nach Siem Reap kommen, hat sich dieser Markt sehr verändert. Früher wurde hier nur verkauft, was die Menschen brauchen, die hier leben: Gemüse, Obst, Fleisch und Fisch, Haushaltswaren. Heute quillt ein Großteil des Marktes über vor billigen Souvenirs jeder Art: Schmuck, Klamotten, Tücher, geschmacklose Kunst, eingeschweißte Gewürze, Nüsse, getrocknetes Obst usw. Alles natürlich ohne festen Preis; den muss man aushandeln. Aber alles ‚good quality‘!

Nachdem Phirin seinem Nachbarn geholfen hat, sich in einer Ecke des Marktes einzurichten, fühlt er sich ein wenig entlastet. Das Gewusel auf dem Markt, die vielen herumschlendernden Touristen, die Restaurants und die Geschäfte: das alles tut ihm gut. Überall bewegt sich etwas, das lenkt ihn ab.

Er hat kein Ziel, als er den Sivatha Boulevard entlanggeht, aber er hat etliche Stunden, bevor er zurück muss ins Dorf. Vom Boulevard schlendert er durch die Royal Gardens, überquert den Siem Reap River und schlendert dann am Fluss entlang nach Norden. Bis plötzlich laute Stimmen zu hören sind. Sie kommen aus einer zur Straße hin offenen Hütte, einer windschiefen Bude, mit Seitenwänden aus Bambus und Blättern geflochten, das Dach mit Schilf gedeckt. Es ist ein Friseurgeschäft. Auf einem drehbaren, hohen Stahlsessel mit aufgerissenem, rostrotem Kunstleder, vor einem nahezu blinden Spiegel, sitzt ein älterer Kunde. Hinter ihm, auf einer einfachen Bretterbank, warten vier oder fünf weitere Männer. Während der Friseur versucht, den älteren auf dem Sessel zu rasieren, dreht der sich immer wieder abrupt zu den Männern in seinem Rücken um und redet auf sie ein. Dabei argumentiert er heftig mit beiden Händen, so dass der Friseur wieder und wieder zurückschreckt aus Furcht, das Rasiermesser könne Unheil anrichten.

Phirin packt die Neugierde. Er nähert sich dem Laden so weit, dass er das Gespräch verfolgen kann. Bald hört er heraus, dass sich die Männer über einen Artikel in der DAILY streiten. Und als er begreift, dass der Kunde auf dem Kunstlederhocker ein Polizist ist, und dass sich die Männer über den Raub einer Apsara-Figur unterhalten, wird ihm plötzlich ganz anders zumute.

„Ist doch unwichtig", sagt einer der Wartenden auf der Bank.

„Allein am Angkor Wat gibt es über tausend Apsaras", sagt ein anderer.

„Man weiß ja, was die Zeitungen schreiben", ein dritter. „Aber was stimmt und was nicht stimmt, das weiß keiner."

Da dreht sich der Polizist ohne Rücksicht auf das Messer an seiner Schläfe erneut zu den Wartenden um.

„Ihr wisst doch gar nicht, wovon ihr redet!" Es ist nicht zu überhören, wie erbost er ist, und Phirin, der noch einen Schritt näher an den Laden herangetreten ist, wird blass.

„Die Tempel sind ein Kulturerbe, wenn ihr wisst, was das ist. So etwas gibt es auf der ganzen Welt nicht noch einmal. Und wenn irgendwelche Verbrecher daherkommen und stümperhaft auf die Apsaras und andere

Figuren einschlagen, dann schadet das uns allen."

Die Wartenden schweigen; was der Polizist gesagt hat, hat Eindruck auf sie gemacht. Erst nach einer Weile meldet sich einer von ihnen wieder zu Wort.

„In der DAILY steht, dass der Tempel nur noch eine Ruine ist."

„Ja, und?", ereifert sich der Polizist, den es kaum noch auf seinem Stuhl hält, „hast du auch gelesen, was die Figur wert ist?"

„Ich kann nicht lesen", ist die kleinlaute Antwort, „aber jemand hat es mir erzählt."

„Und? Hat dir der ‚jemand' auch erzählt, dass die Apsara 100.000 Dollar oder noch mehr wert ist? Weißt du, was du damit machen könntest? Und weißt du auch, dass die Figur ein- für allemal zerstört ist?"

Der Polizist kann sich nicht beruhigen.

„Der Stümper, der das gemacht hat, sollte sehen, dass er verschwindet. Dem geht's nämlich dreckig, wenn sie ihn fassen."

Die Männer auf der Wartebank schrecken zusammen, als seien sie selber diejenigen, denen es dreckig gehen soll. Und noch ehe sie sich gefasst haben und erneut zu Wort melden können, gibt ihnen der Friseur heimlich ein Zeichen, den Mund zu halten.

Phirin, sein Gesicht weiß wie eine Salzwüste, macht, dass er fortkommt. 100.000 Dollar! Seine Beine scheinen unter ihm wegzuknicken. 100.000 Dollar! Warum hat man ihm das nicht gesagt? Wenn er das gewusst hätte, hätte er das doch nie getan! Und alles für die paar Dollar, die sie ihm versprochen haben. Das ist nichts, denkt er, nichts! Andererseits: was hätte er mit hundert Dollar nicht alles machen können?

Vollkommen fertig lässt er sich nach wenigen hundert Metern auf eine der steinernen Bänke fallen, die am Fluss stehen. Nichts mehr in seinem Kopf ist da, wo es hingehört. In seinem Magen genauso. Die Bank steht zwar geschützt im Schatten eines riesigen Baumes, doch der Schweiß, der sich auf Phirins Stirn, aufs Gesicht, auf den Rücken, die Arme, überallhin drängt, ist nicht zu bändigen. „Dem gehts dreckig!" Die Worte des Polizisten gehen ihm nicht mehr aus dem Kopf. „Der sollte sehen, dass er verschwindet!" Aber wohin? Phirin möchte schreien vor Angst und Hilflosigkeit, doch irgendwas verschließt ihm den Mund. Und schließlich schläft er im Sitzen ein.

Erst, als die Dämmerung einsetzt, wacht er wieder auf. Springt auf, als rase ein Auto auf ihn zu, und hastet, viel zu spät, Hals über Kopf zum Alten Markt. Doch der Nachbar wartet weder ungeduldig noch wütend auf ihn. Er sitzt, Zuckerrohrsaft schlürfend, im Schatten vor seinem Stand und ist glücklich. Die Hühner, die Holzkohle: alles verkauft. Und dazu ein großer Teil des Gemüses. Als Phirin atemlos vor ihm auftaucht, klopft er ihm lachend auf die Schulter und bietet ihm etwas von dem Saft an.

Später, auf der Fahrt zurück nach Paleah, singt er ausgelassen ein Lied nach dem anderen vor sich hin. Phirin sitzt hinter seinem Rücken und ist dankbar, dass er nicht reden muss. Er spürt den angenehmen Fahrtwind auf der Haut und malt sich aus, wie es wäre, wenn er in einer großen Wolke davonfliegen würde, unerreichbar für alle. Doch kurz bevor sie auf den schmalen Pfad, der durch das Unterholz ins Dorf führt, einbiegen, stiehlt sich urplötzlich ein Gedanke in seinen Kopf. Genau dort, wo die Hütte des alten Mönchs steht, der keiner mehr ist.

11

Hah Taew

Am nächsten Morgen zählt Phirin sein bisschen Geld. 4000 Riel hat er von dem Nachbarn für seine Hilfsdienste auf dem Motorrad bekommen. Genau einen Dollar. Weitere 7000 Riel sind in der zerbeulten Zigarettendose versteckt, von der Vanna nichts weiß. Macht 11.000. Das wird nie und nimmer reichen.

Soll er es trotzdem darauf ankommen lassen? Vielleicht macht ihm der Mönch einen besonderen Preis. Oder er stundet ihm ein paar tausend Riel. Natürlich, das wird er bestimmt tun! Phirin schöpft Hoffnung. Außerdem hat er ja den Lohn noch nicht erhalten für seine Anstrengungen; der Bote mit dem Geld muss bald kommen, vielleicht heute noch.

Lohn? Durch bessere Einsicht schmerzhaft belehrt, schreckt er sofort zurück: Wofür sollten sie zahlen? Sie haben die Apsara doch gar nicht bekommen, weil er jämmerlich versagt hat. Ja, er ist sich nicht einmal sicher, ob er den Ort, an dem er sie vergraben hat, wiederfinden würde. Hin und her jagen seine Gedanken und machen ihn schwindelig. Doch schließlich gelingt es ihm, sich an dem festzuklammern, der ihm der liebste ist. Ein Tiger, der nicht springt, überwindet keinen Fluss!, redet er sich ein, ohne nach der Breite des Wassers zu fragen.

„Willst du mir nicht endlich sagen, was geschehen ist?" Vanna steht neben ihm, er hat sie nicht kommen gehört.

Phirin wagt es nicht, ihr ins Gesicht zu sehen. Sie hat ja recht: Er hat ihr immer noch nicht erzählt, warum er vorgestern in der Nacht unterwegs war. Sie hatte auch nicht mehr danach gefragt. Er hatte nur angedeutet, dass er eine „Arbeit" habe, über die er nicht sprechen könne, die aber sehr gut bezahlt würde. Doch jetzt einzugestehen, was passiert ist, das käme einer Blamage gleich.

„Heute Abend", antwortet er kurz angebunden, „ich muss vorher noch etwas erledigen."

Dass Vanna verständnislos den Kopf schüttelt, weiß er ohne hinzuschauen. Wie oft hat er dieses Gesicht und dieses Kopfschütteln schon gesehen, und jedes Mal hat er gespürt, dass er ihr Unrecht getan hat. Doch wenn er sich jetzt nicht sofort um Wichtigeres kümmert, dann wird Fürchterliches passieren. Und ob es die Götter sind, die zuerst auftauchen, oder die bösen Geister, das wird dann keine Rolle mehr spielen.

Mit 11.000 Riel in der Tasche macht Phirin sich auf den Weg. Bis zur Hütte des alten Mönchs kann er es in einer Viertelstunde schaffen. Mönch, denkt Phirin, warum sagen sie immer noch Mönch? Er ist es doch gar nicht mehr. Jeder weiß, dass er sein Kloster von einem Tag auf den anderen verlassen hat. Nur warum, das weiß niemand. Der eine flüstert dies, der andere das. Jedenfalls hat er sich die aufgegebene, verlassene Hütte zurechtgemacht und sich im Lauf der Zeit einen Ruf als Heiler und Tätowierer erworben. Seine Spezialität: Yantras.

„Preah?"

Phirin wagt keine andere Anrede. Jemanden, der einmal Mönch gewesen ist, kann er doch nicht mit irgendeinem einfachen Namen ansprechen. Zögerlich klopft er an einen der Bambuspfosten am Eingang und wartet. Er wagt es nicht, die herabhängenden, verblassten Plastikbänder zur Seite zu schieben und in die Hütte hineinzuschauen.

Nichts rührt sich, nichts bewegt sich. Er ist nicht da, denkt Phirin. Beinahe erleichtert will er sich schon auf den Rückweg machen, als doch noch Schritte zu hören sind und ein großer, kräftiger Mann im Eingang erscheint. Er muss sich tief bücken, um ins Freie treten zu können. Und obwohl er kein Ordensgewand trägt, sondern ein blasses T-Shirt mit dem Schriftzug einer Fluggesellschaft und fleckige, schlaff herabhängende Shorts, schreckt Phirin vor dieser Erscheinung zurück. Allein der dichte Haarschopf, der wild in alle Richtungen sprießt und so aussieht, als sei er lange Zeit mit brutaler Gewalt gebändigt worden und müsse nun seine Kraft unter Beweis stellen! Dass dieser Kopf einmal völlig glatt geschoren war, ist kaum zu glauben. Und die Augen! Augen so klar wie diese hat Phirin noch nie gesehen. Es gelingt ihm nicht ihrem Blick auszuweichen; sie ziehen ihn zu sich heran, als müssten sie ihn einer Prüfung unterziehen. Was ist das für ein Mann, der so viele Jahre lang als Mönch gelebt hat, und der es jetzt wagt, den Göttern und Geistern entgegenzutreten?

„Ja?"

Phirin braucht eine ganze Weile, bevor es ihm endlich gelingt, sich halbwegs verständlich auszudrücken.

„Ein Yantra willst du", sagt der Mönch, „warum? Was erhoffst du dir davon?"

Mit gesenktem Kopf flüstert Phirin kleinlaut und fast unhörbar eine Antwort, so dass der Alte fast nichts verstehen kann. Aber er weiß auch so Bescheid.

„Du hast etwas Böses getan, nicht wahr?", fragt er überraschend sanft nach. Phirin fährt zusammen, doch der Mönch nickt verständnisvoll.

„Ich will es gar nicht wissen. Deine Angst ist deine Strafe." Er tritt ganz nahe an Phirin heran. „Bist du sicher, dass dir ein Yantra helfen kann?"

Sicher ist Phirin sich nicht, aber was sonst könnte ihm beistehen?

„Wir können es versuchen", beruhigt ihn der Mönch, dem es schwerfällt mitanzusehen, wie Phirin sich quält. „Du musst mir aber sagen, warum du ein Yantra haben willst. Willst du das?"

Phirin nickt mit dem Kopf, der immer tiefer auf seine Brust herabgesunken ist.

„Brauchst du Schutz vor den Geistern?"

Phirin hat den ersten Schrecken vor der beeindruckenden Erscheinung des Mannes verloren. Stockend erklärt er dem Mönch, dass er fürchtet, von bösen Geistern verfolgt zu werden. Oder dass die Götter ihn strafen. Dann verstummt er. Der Mönch, hofft er inständig, will nichts Genaueres wissen, aber weiß hoffentlich, was zu tun ist.

„Wir können es mit einem Hah Taew versuchen", sagt der Alte. Er hat längst die von den Dornen zerstochenen Finger Phirins bemerkt. „Hast du schon ein Tatoo?"

Phirin verneint.

„Das ist gut", sagt der Mönch und verschwindet wieder in seiner Hütte.

Phirin setzt sich auf die Erde und wartet. Hah Taew, das hat er schon oft gehört. Aber was das ist, weiß er nicht. Was es wohl kosten wird? Er angelt die paar Geldscheine aus der Hosentasche und zählt noch einmal nach. 11.000, es sind nicht mehr geworden. Aber vielleicht ist der Bote ja inzwischen im Dorf gewesen und hat das Geld gebracht ...

Einen kurzen Moment lang sieht Phirin Vanna vor Augen, wie sie da vor ihrer gemeinsamen Hütte steht und sprachlos, mit einem verständnislosen Blick ein Bündel

Geldscheine von dem Boten entgegennimmt. Nein! Phirin schaudert zurück. Er weiß, dass er sich etwas vormacht, und trotzdem versucht er die Wahrheit von sich fern zu halten.

„Kannst du bezahlen?", fragt der Mönch, als er, bepackt mit einigen Utensilien, wieder aus der Hütte hervortritt. Phirin springt auf und will etwas sagen, aber sein Mund ist wie zugenagelt.

„Schon gut. Du gibst mir, was du hast, und was du nicht hast, bringst du mir später. Setz dich!"

Der Mönch weist auf einen Hocker, der ein paar Schritte entfernt von der Hütte in der Sonne steht.

„Ich muss sehen können, was ich tue."

Phirin setzt sich.

„Zieh dein Hemd aus!"

Der Mönch breitet ein Tuch auf dem Boden neben Phirin aus und legt das Wenige, das er aus der Hütte geholt hat, darauf ab: eine Flasche mit einer dickflüssigen, tiefschwarzen Lösung und einen langen, angespitzten Bambusstab. Dann tritt er ein kleines Stück zurück und schaut sich eine Ewigkeit, wie es Phirin vorkommt, und ohne auch nur ein einziges Wörtchen zu sagen dessen nackten Oberkörper an. Bis er einen Entschluss gefasst hat.

„Dein linker Arm ist gut!", sagt er.

Dann faltet er ein zerknittertes Stück Papier auseinander und hält es Phirin unter die Nase. „So sieht es aus!"

Phirin erkennt nichts außer einigen Linien und Schriftzügen.

„Hah Taew?", fragt er schüchtern, und der Mönch nickt mit dem Kopf. Dann schaut er sich um, sucht etwas.

„Moment."

Er verschwindet noch einmal in der Hütte und kommt diesmal mit einem Plastikstuhl zurück, den er neben Phirin abstellt.

„Leg deinen Arm darauf, er muss still halten."

Phirin tut, was ihm der Mönch gesagt hat. Als er sieht, dass der Alte den spitzen Bambusstab in die Hand nimmt, krampft sich etwas in ihm zusammen.

„Stillhalten!", fordert der Mönch und beginnt mit seiner Arbeit.

Schon bald hat Phirin das Gefühl, als ziehe sich eine Ameisenstraße über seinen linken Arm. Es kribbelt und krabbelt und kitzelt und juckt und schmerzt. Aber der Schmerz wird nach wenigen Minuten schwächer: Phirin gewöhnt sich bald an die Stiche. Neugierig geworden beginnt er schließlich, den Mönch bei seiner Arbeit zu beobachten. Er sieht, wie der Alte den Bambusstab immer wieder in die Flüssigkeit taucht, bevor er erneut zusticht. Mehrere Stunden vergehen, ohne dass er eine Pause macht; nur hin und wieder nimmt er einen Schluck aus seiner Wasserflasche. Phirin wagt es nicht, irgendetwas zu fragen. Plötzlich beugt sich der Mönch dicht über seinen Arm und flüstert etwas, das Phirin nicht verstehen kann. Es ist eine Sprache, die er nicht kennt. Wie eine Bitte klingt es. Immer mehr nähert sich der Mönch dabei dem Tatoo und haucht es mit seinem Atem an. Und dann flüstert er von neuem etwas, als wolle er die geleistete Arbeit beschwören.

„Nicht bewegen!", sagt der Mönch und verschwindet ein weiteres Mal in seiner Hütte. Diesmal kehrt er mit einem kleinen, kurzgeschnittenen Bündel Stroh zurück, das an einem Ende zusammengebunden ist, und mit einer Schale, in der eine klare Flüssigkeit schwappt, die nach nichts riecht. Phirin ist sich nicht sicher, ob es Wasser oder etwas anderes ist. Der Mönch taucht das Stroh in die Flüssigkeit ein und besprengt Phirins Arm damit. Das wiederholt er zweimal. Dann sagt er:

„Fertig!"

Noch eine ganze Weile wagt Phirin es nicht, seinen Arm auch nur einen Zentimeter zu bewegen. Endlich gibt er sich einen Ruck und hebt ihn vorsichtig an, steht auf, hält ihn aber weiter gestreckt von sich, so dass der Mönch zum ersten Mal lachen muss.

„Du kannst dein Hemd wieder überziehen", sagt er. Was Phirin sofort tut, ohne sich das Hah Taew genauer anzusehen; das verschiebt er auf einen späteren Zeitpunkt, wenn er allein mit sich ist.

„Und jetzt kannst du mich bezahlen."

Hastig, als sei er ertappt worden, greift Phirin in seine Hosentasche, zieht die zerknüllten Geldscheine hervor und streckt sie dem Mönch entgegen, zögernd, unsicher. Der steckt sie ein, ohne sie zu zählen. Dann nimmt er die Flasche mit der schwarzen Lösung, den Bambusstab und das Tuch an sich und verschwindet ohne eine weiteres Wort in seiner Hütte.

Phirin verbeugt sich tief, obwohl der Mönch schon nicht mehr zu sehen ist, verunsichert und erleichtert zugleich. Eingeschüchtert macht er sich auf den Weg zurück nach Paleah und hebt und senkt im Gehen immer wieder seinen linken Arm. Er fühlt sich leichter an als der rechte. Etliche Male hebt er zuerst den einen, dann den anderen, um seinen Eindruck zu überprüfen. Aber es ist so: der linke ist deutlich leichter. Phirin ist zufrieden. Doch je weiter er sich Paleah nähert, desto mehr büßt er auch wieder ein von seiner Zufriedenheit. Und an ihrer Stelle wächst das mulmige Gefühl, dass bald irgendetwas Unangenehmes geschehen wird.

„Wo warst du?", ruft Vanna, als er sich so unauffällig wie möglich durchs Dorf und an ihr vorbei in seine Hütte schleichen will. Keine Antwort. Vanna, die nicht weit entfernt vom Eingang auf dem Erdboden hockt und die noch brauchbaren Blätter aus einem halb verrotteten Kohl herauspflückt, steht sofort auf und folgt ihm. Phirin hat bereits sein Hemd abgestreift und streckt ihr wortlos den nackten linken Arm entgegen. Als ihre Augen sich an das Halbdunkel gewöhnt haben, erkennt sie sofort die fünf Linien und die Schriftzüge, die aussehen wie kunstvoll geschnitzte Stäbe.

„Ein Hah Taew?" Sie zuckt zusammen. „Was hast du getan?"

Phirin zieht sich sehr langsam das Hemd wieder über und schweigt.

„Was hast du getan?" Sie fragt noch einmal.

„Nichts Böses", antwortet Phirin.

„Warum dann das Tatoo? Was hast du in der Nacht vor Mahga Puja gemacht?"

Phirin guckt an seiner Frau vorbei irgendwohin ins Leere, bevor er plötzlich den Kopf hin und her bewegt, als wolle er etwas abschütteln.

„Ich habe nur einen Auftrag erledigt", sagt er schließlich. „jemand hat mir hundert Dollar versprochen."

„Wofür? Welcher jemand?"

Nach und nach erzählt Phirin, was er in der vorletzten Nacht getan hat. Und obwohl er dabei immer wieder längere Pausen macht, bleibt Vanna geduldig und fragt nicht nach.

„Als ich das Licht gesehen habe, dachte ich: die schießen sofort. Und dass ich die Apsara loswerden muss. Und dann habe ich sie vergraben. Hier!" Er zeigt ihr seine

Fingerspitzen und die Verletzungen, die die Dornen ihm in die Haut gerissen haben, und die immer noch deutlich zu erkennen sind.

Vanna nickt.

„Wo?", fragt sie nur.

„Ich weiß es nicht mehr genau." Er guckt wieder irgendwohin ins Leere, als hätten ihn all seine Kräfte verlassen.

„Du musst dich erinnern!", sagt sie, und der dringliche Ton erschrickt ihn. „Wir müssen sie holen. Sonst nützt dir auch das Hah Taew nichts!"

Phirin versucht sich zu erinnern. An den ausgetrockneten Bach, an den Graben vor der Straße der Koreaner, an den Ochsenkarren.

„Es kann nicht weit von der Straße gewesen sein." An mehr kann er sich nicht entsinnen. „Ich habe sie aber mit Blättern und Zweigen zugedeckt."

Vanna fragt nicht weiter. Sie hilft ihrem völlig übermüdeten Mann auf die Matte, und Phirin schließt sofort die Augen. Er hört nicht mehr, dass Vanna in dem Karton mit den Küchensachen kramt und etwas daraus hervorzieht. Als sie die Hütte verlässt und sich auf den Weg macht, ist er längst eingeschlafen.

12

Eine Drohung

Als er am nächsten Morgen aufwacht, fühlt er sich besser. Seine Kräfte scheinen zurückgekehrt, sein Kopf ist klar. Doch nur allzu bald dringen ihm laute Stimmen von draußen ans Ohr. Aufgeregte Stimmen. Nach und nach erkennt er einige. Die meisten stammen von Männern, die in Paleah leben. Doch es sind auch welche dabei, die er nicht kennt.

Phirin springt auf, streift sich Hemd und Hose über und schaut vorsichtig hinaus. Sehen kann er die Männer nicht, sie müssen sich hinter einer der anderen Hütten aufhalten. Aber die beiden schweren Motorräder, die kann er sehen. Und die jagen ihm einen gewaltigen Schrecken ein. Denn sie sind fast neu, und das Metall der Tanks und der Felgen glänzt in der Sonne. Polizei! Keine Frage! Phirin zieht blitzartig seinen Kopf zurück, als würde es Feuer regnen vor seiner Hütte.

„100.000 Dollar", sagt die eine der unbekannten Stimmen.

Phirin fährt es eiskalt den Rücken herunter.

„Mindestens, hat der Deutsche gesagt."

Die Stiche und Kratzer, die Phirin von den Dornen erhalten hat, fangen wieder an zu brennen.

„Und woher wollt ihr wissen, dass der Täter hier in Paleah lebt?"

Das ist die Stimme von Vanna! Sie wagt es tatsächlich, der Polizei eine Frage zu stellen! Phirin hält den Atem an. Werden sie jetzt seine Frau mitnehmen? Mucksmäuschenstill ist es auf einmal. Es dauert fast so lange, wie eine Schildkröte braucht um ihr Maul zu öffnen und wieder zu schließen. Erst dann antwortet der andere der beiden unbekannten Männer, und zwar so gedehnt und vielsagend, dass Phirin unwillkürlich mit der rechten Hand sein Hah Taew umfasst.

„Wer viel fragt, der weiß auch was. Man muss eben nur die richtigen fragen!"

Kurz darauf ist wieder der erste der Polizisten zu hören: „Was habt ihr in der Nacht vor Mahga Puja gemacht?"

Phirin kann die Verlegenheit spüren, die sich unter den Männern von Paleah breitmacht. Er sieht sie beinahe vor sich, wie sie da stehen und nicht wissen, was sie antworten sollen. Glücklicherweise liegen überall noch die leeren Bierdosen herum.

„Wir haben gefeiert, wie alle anderen auch." Schon wieder Vanna!

„Das sieht man", sagt der Polizist, „und ihr habt es euch

auch allerhand kosten lassen."

Die nächste Frage schwebt bereits in der Luft wie eine Spinne in ihrem Netz, und sie kommt genauso schnell wie die Spinne, wenn sich in ihrem Netz eine fette Fliege verfangen hat.

„Woher hattet ihr das Geld?"

Sind Meas und Chankrisna unter den Männern? Phirin hält erneut den Atem an; bisher hat er die Stimmen der beiden aber noch nicht gehört.

„Woher hattet ihr das Geld?", fragt jetzt auch der andere. Er klingt schon ungeduldiger. Aber wieder kommt keine Antwort.

„Sind denn nicht alle Männer hier, die im Dorf leben?"

„Nicht alle", sagt einer, dessen leise, ängstliche Stimme Phirin nicht erkennen kann.

„Aha! Dann wollen wir doch mal hören, welche das sind."

Phirins Herz klopft. Wird er seinen eigenen Namen hören? Der Gefragte scheint zu zögern. Doch dann vernimmt Phirin ein kurzes Gerangel und einen unterdrückten Schrei, und dann, kaum verständlich, einige Namen. Ob seiner dabei ist, kann er nicht verstehen.

„Wir kommen morgen wieder. Und wir gehen davon aus, dass dann alle Männer, die hier im Dorf wohnen, anwesend sind."

Diese Drohung ist eindeutig. Und obwohl es totenstill ist, meint Phirin die Angst hören zu können, die alle erfasst hat, die da draußen stehen. Kurz darauf heulen zwei Motoren auf, ein paarmal hintereinander, wie um zu unterstreichen, was gesagt worden ist und dass man sich daran zu halten hat. Und dann entfernt sich zuerst das eine und kurz darauf auch das andere Motorrad.

Unmittelbar darauf betritt Vanna die Hütte.

„Hast du gehört, wer da war?"

„Ja", flüstert Phirin. Er wagt noch nicht laut zu sprechen.

„Was sollen wir machen?", fragt Vanna, „sie kommen morgen wieder."

Phirin zuckt mit den Schultern. Ihm ist klar, dass die Polizisten nicht mit sich spaßen lassen. Dass sie nicht noch einmal erfolglos abziehen werden. Aber auf Vannas Frage hat er keine Antwort.

13

Verhandlungen

Fast 400 km westlich von Paleah, in dem Antiquitätengeschäft am Chao Phraya-Fluss in Bangkok, klingelt um dieselbe Zeit das goldene Telefon. Endlich! Prungnie hat ungeduldig darauf gewartet. Seit Ewigkeiten, so kommt es ihm vor. Dabei ist er zu diesem Zeitpunkt kaum länger als eine Stunde in seinem Laden. Doch jetzt, auf einmal, kaum, dass es soweit ist, hat er Zeit. Lässt es klingeln. Drei, vier Mal. Genießt die letzten Augenblicke vor der Nachricht, auf die er so ungeduldig gewartet hat. Erhebt sich gemächlich, aber sehr erfolgssicher von seinem Hocker und greift in aller Ruhe nach dem Telefonhörer.

„Jaaaa?"

Mit allen Wassern gewaschen, lässt er seine Stimme so klingen, als sei er abgelenkt, als konzentriere er sich gerade auf etwas ganz anderes, und als sei er herzlich wenig davon begeistert, gerade jetzt ein Telefongespräch annehmen zu müssen. Prungnie weiß, wie er seine Geschäftspartner zappeln lässt. Niemand von ihnen darf das Gefühl haben, dass er wichtig sei, dass er etwas Besonderes zu bieten habe. Dabei kann er, unhörbar für den Gesprächspartner am anderen Ende, nur mühsam das Hochgefühl unterdrücken, das in ihm tobt. In einer Minute wird er um zigtausend Dollar ‚schwerer‘ sein, wie er es nennt.

„Jaaaa?“, meldet er sich noch einmal, verwundert, ja auch ein wenig verunsichert dadurch, dass er noch keine Antwort bekommen hat. Und kurz darauf spielt sich in seinem Gesicht dasselbe ab wie zwei Tage vorher: Zuerst verliert es seine Farbe, und dann läuft es genau so rot an wie die beiden Streifen in der thailändischen Landesflagge, die das Blut des Volkes symbolisieren. Wie nach einem Rettungsring, wie in Trance, greift Prungnie nach den Zigaretten und zündet sich eine an. Dabei kommt es ihm vor, als seien seine Finger kaum noch in der Lage das weiße Stängelchen zu halten. Und während unentwegt Wörter aus dem Hörer strömen, die er gar nicht mehr aufnimmt, sucht er mühsam seine Fassung zurückzugewinnen. Bis ihm schließlich der Kragen platzt. Er drückt die Zigarette, die er gerade erst angefangen hat, wütend wieder aus und unterbricht seinen Gesprächspartner abrupt.

„Moment! Das interessiert mich überhaupt nicht. Ich will nur wissen: ja oder nein!“

Nach einer kurzen Pause quäkt es weiter aus dem Hörer. Prungnie greift nach den Zigaretten, zündet sich eine neue an, stößt den Qualm aus und schreit in den Hörer:

„Ja oder nein?“

Dabei verliert er die Kontrolle über seine Atmung und wird von einem Hustenanfall überwältigt, der für eine längere Unterbrechung des Gespräches sorgt. Als er sich in der Lage sieht, es fortzuführen, tut er das weitaus ruhiger als vorher.

„Bleiben wir sachlich", sagt er, „mich interessiert nur, wann ich mit der Lieferung rechnen kann."

Er hört dem neuerlichen Gequäke vom anderen Ende der Leitung eine Zeitlang zu, bevor er es betont ruhig unterbricht.

„Das haben Sie mir schon beim letzten Mal gesagt. Aber Sie müssen doch wissen, wo sie ist! Der Mann hat sich doch nicht in Luft aufgelöst. Der muss sich doch erinnern!"

Prungnie nimmt einen vorsichtigen Zug aus seiner Zigarette.

„Und wenn es sein muss ... ich kenne niemanden, dem sein Leben nicht lieb und teuer ist. Selbst die ärmsten Schweine ..."

Er lässt sich gerne unterbrechen, weil ihm nicht einfällt, wie er den Satz zu Ende führen soll. Doch kurz darauf übernimmt er wieder die Initiative.

„Dann zwingen Sie ihn zu suchen. Oder noch besser: Lassen Sie sich von ihm dorthin führen. Und lassen Sie ihn nicht aus den Klauen, bis Sie sie haben."

Er stößt den Qualm aus und zielt mit ihm auf das Insektengitter in dem geöffneten Fenster.

„Das haben Sie mir auch schon gesagt. Aber ich kann Ihnen versichern, dass ich es natürlich trotzdem versuchen werde. Und Sie können sich darauf verlassen, dass es nicht nur bei dem Versuch bleibt."

Diesmal kommt nur eine sehr kurze Entgegnung vom anderen Ende.

„Okay", sagt Prungnie, „und wann?"

Er nickt unbewußt mit dem Kopf, als erwarte er nur noch eine Bestätigung.

„Okay. Aber länger als bis morgen kann ich ihn nicht hinhalten. Sie melden sich?"

Noch einmal nickt er und legt den Hörer auf. Dann tritt er ans Fenster, schiebt das Fliegengitter zur Seite und schnippt den Zigarettenstummel hinaus ins Wasser. Er landet auf einem Teppich aus graubraunem Schaum und Müll, der, auf der bewegten Wasseroberfläche tänzelnd, träge Richtung Golf treibt. Ein paar Sekunden lang schaut Prungnie versonnen hinterher; dann schiebt er das Gitter wieder zurück, zögert einen kurzen Moment und greift erneut zum Telefon. Während er darauf wartet, dass sich jemand meldet, tritt er ungeduldig von einem Fuß auf den anderen und schaut immer wieder auf seine Armbanduhr. Doch plötzlich geht ein Ruck durch seinen Körper. Er richtet sich auf und nimmt eine Haltung an, die seiner Gefühlslage vollkommen widerspricht.

„Guten Abend! ... Ja, Sie haben richtig geraten!"

Ohne die geringste Mühe verändert er wieder einmal den Ton, in dem er redet. Nun ist er von ausgesuchter Höflichkeit bestimmt.

„Nein, nein, ich hätte mich gerne schon früher bei Ihnen gemeldet. Ich weiß ja, dass Sie warten. Aber hier im Laden ist mal wieder der Teufel los. Moment mal ...“

Prungnie legt den Hörer geräuschvoll auf den Schreibtisch, geht zur Tür, öffnet sie leise und knallt sie sofort wieder zu, bevor er den Hörer wieder aufnimmt.

„So, entschuldigen Sie, aber jetzt sind wir unter uns. Nein, ja, ich rufe Sie an, weil ...“

Prungnie wird sofort unterbrochen, hört kurz zu, verdreht theatralisch die Augen und deutet ein Stöhnen an.

„Ja natürlich, selbstverständlich. Es ist leider nur so, dass ich von hier aus nichts unternehmen kann. Es gibt da nämlich ein kleines Problem ... ja ...“

Prungnie zündet sich eine Zigarette an.

„Natürlich, da haben Sie vollkommen recht“, erklärt er und versucht sich in Geduld zu üben. „Ja, das habe ich Ihnen zugesagt, richtig! Und im Prinzip verändert sich auch nichts daran.“

Während erneut sein Gegenüber spricht, schiebt Prungnie ein paar Dinge auf seiner Schreibtischplatte hin und her. Dann nimmt er seinen letzten Satz wieder auf.

„Im Prinzip habe ich gesagt, weil, wie ich angedeutet

habe, ein kleines Problem aufgetaucht ist: die Person, die wir mit der Bereitstellung der Ware beauftragt haben …"

Es gelingt ihm nicht, den Satz zu Ende zu führen. Umgekehrt kann aber auch er es kaum noch aushalten, seinem Gegenüber zuzuhören.

„Nein, selbstverständlich ist der Zugriff erfolgt, wir haben die Ware. Keine Sorge! Das heißt: noch nicht endgültig."

Prungnie drückt die kaum angefangene Zigarette wieder aus.

„Ja, das sehen Sie genau richtig. Es ist nur so, dass wir damit nicht rechnen konnten. Und das ist ja auch alles kein Problem, es wird nur …" … „Wie bitte?" … „Ja, ein bisschen kostspieliger. Die veränderte Situation zwingt uns …" … „Wieviel? Das würde ich Ihnen wirklich sehr gerne sagen, aber wir können zu diesem Zeitpunkt einfach noch nicht übersehen, was wir da investieren müssen. Sie können aber ganz sicher sein - und das sage ich Ihnen ganz privat -: für das, was Sie von uns bekommen werden, ist das eigentlich gar nichts." … „Ja, nein, es tut mir wirklich leid, aber eine Zahl kann ich Ihnen, wie gesagt, noch nicht nennen. Mehr als 20.000 auf keinen Fall." … „Natürlich, ohne jedes Risiko! Spätestens in 14 Tagen haben Sie die Dame!" … „Ja, selbstverständlich! Sie können sich vollkommen auf mich verlassen."

Prungnie hört noch ein paar Sekunden in den Hörer

hinein, bevor er ihn spielerisch aus nicht geringer Höhe auf die Gabel fallen lässt. Treffer! Dann tritt er ans Fenster und schaut hinüber zum Königspalast. Der Jade-Buddha ist schön, denkt er, aber meine kleinen Figürchen sind es auch, und davon gibt es viel mehr! Dann schlüpft er in sein Jackett, schließt sein Geschäft hinter sich ab und spaziert in bester Laune die paar Schritte zum Pin Klao Pier. Diesen Abend wird er auf der Terrasse des Oriental beim Barbecue verbringen. 20.000!, denkt er, einfach mal so aus der Luft gegriffen! Was sind schon die Kosten für das Barbecue dagegen?

14

Ärger für Channary

„Kriegt Channary Ärger?"

Khuntea hat eine Nudelsuppe zum Abendessen gekocht. Ein einfaches, aber unwiderstehliches Süppchen, so wie sie es, von einigen Varianten abgesehen, immer wieder zubereitet: die Brühe aus Rinderknochen, ein Stündchen lang mit Zwiebeln, gequetschten Korianderstängeln und roten Chilis geköchelt, dazu ein winziges Löffelchen Fischsauce, eine Spur Zucker, Sojasprossen, Lauch (sehr klein geschnitten), ein paar Blätter Pak Choi, wenig, aber bestes Rindfleisch und Unmengen Knoblauch.

Nhean schlürft die dünnen Reisnudeln und die Brühe mit Genuss in sich hinein, die Augen halb geschlossen; diese Suppe könnte er tagtäglich essen, sie verschafft ihm allergrößtes Behagen. Als Beweis dafür haben sich rund um seine Schale einige Pfützchen auf dem Tisch gebildet.

„Wenn man isst wie ein Tier, dann schmeckt es!", sagt er, sich für die Sauerei entschuldigend. Beinahe artistisch hantiert er mit Stäbchen und Löffel, und zwischendurch stöhnt er immer wieder auf vor lauter Wonne.

„Ich hab dich etwas gefragt."

Nhean zuckt zusammen, obwohl er genau damit gerechnet hat: nämlich dass er diese köstliche Suppe nicht essen kann, ohne dass Kunthea ihn dabei stört. Warum verwöhnt sie ihn mit so einer wunderbaren Suppe, wenn er sie nicht genießen darf?

„Ob Channary Ärger kriegt?", wiederholt er unkonzentriert und etwas missmutig die Frage. „Wieso sollte er das?"

„Na, ich bitte dich: hast du nicht die DAILY gelesen?"

„Hab ich. Aber warum sollte er deshalb Ärger kriegen?"

„Also sowas!", empört sich Kunthea. „Hast du nicht fast 30 Jahre lang im Kleinen Phnom Penh gearbeitet?"

Nhean nickt mit dem Kopf und bemüht sich, eines dieser hauchdünnen Rindfleischstückchen zwischen seine Essstäbchen zu klemmen.

„Dann müsstest du doch wissen, dass Channary Ärger kriegt."

Das hätte sie nicht sagen dürfen, denn jetzt gewinnt er Oberwasser. Er legt die beiden Stäbchen betont sorgfältig quer und parallel zueinander über die Suppenschale und freut sich dann diebisch darüber, seiner Frau mangelnde Logik vorwerfen zu können. Nach jedem Wort eine bewusste Pause einlegend, erklärt er:

„Liebe Kunthea: Zuerst hast du mich gefragt, ob Channary Ärger kriegt. Und jetzt behauptest du auf einmal steif und fest, dass er Ärger bekommt. Passt doch nicht ganz zusammen, oder?"

Kunthea stutzt. „Wieso?"

„Ganz einfach: wenn du schon weißt, dass er Ärger bekommt, musst du nicht erst fragen, ob er Ärger kriegt."

„Du weißt ganz genau, wie ich es gemeint habe!" Kunthea kann schlagartig ärgerlich werden, wenn ihre Neugier nicht schnell genug befriedigt wird.

Nhean hält derweil die Suppenschale schräg und schöpft den Rest der köstlichen Flüssigkeit mit dem Löffel heraus.

„Gibt es noch was?"

„Warum sollte es noch was geben?"

„Weil es so gut schmeckt, meine Liebste!"

„Und warum fragst du dann nicht direkt, ob du noch etwas haben kannst?"

Kunthea lächelt ihn etwas säuerlich an, freut sich aber über die kleine, doch gelungene Retourkutsche. Begleitet von einem siegesbewussten Blick füllt sie ihm noch einmal die Schale. Auffallend großzügig. Und jetzt ist Nhean klug genug, ihre Frage ohne weitere Umschweife zu beantworten.

„Natürlich fällt der Raub in den Verantwortungsbereich Channarys. Phnom Penh wird keine Ruhe geben, bist der Fall gelöst ist; du hast recht."

„Also kriegt er doch Ärger!"

„Wahrscheinlich. Ohne seine Erlaubnis hätte Müller

dieses Tempelchen, diese Ruine, in der er die Apsara gefunden hat, ja gar nicht betreten dürfen, geschweige denn dort arbeiten."

Kunthea, die immer noch mit dem Suppentopf neben ihm gestanden hat, setzt sich. Wenn sie sich setzt, sieht es immer so aus, als sammele sie alle Energie zum Nachdenken, denkt Nhean.

„Und wer außer den beiden hat noch davon gewusst?", fragt sie.

„Wahrscheinlich nur die unmittelbaren Mitarbeiter von Müller", vermutet Nhean.

„Und der Dieb!", ergänzt Kunthea triumphierend.

Nhean grinst. „Die Götter selbst haben dir den Verstand gegeben", sagt er. Doch seine Frau reagiert nicht auf die Ironie.

„Ich glaube, dass der Dieb irgendeine Verbindung zu Channary hat!", behauptet sie voller Überzeugung. „Willst du noch etwas Suppe?"

Nhean stutzt; er kennt seine Frau, und er hat das Gefühl, dass sie in Gedanken irgendeine Spur verfolgt. Irgendeine einfache, aber logische Spur.

„Vielleicht wäre es wirklich interessant, dich mal wieder im Kleinen Phnom Penh sehen zu lassen", sagt sie noch halb in Gedanken versunken, „Channary hat dich doch selbst danach gefragt. Das könntest du doch ausnutzen!"

Nhean kann sich ein erneutes Grinsen nicht verkneifen.

„Willst du, dass ich wieder anfange zu arbeiten? Diesmal als Polizist?"

Kunthea lässt sich nicht ins Bockshorn jagen. „Vielleicht wärst du gar nicht so schlecht als Kriminaler. So verquert, wie du manchmal denkst. Das müssen sie doch bei der Kripo, oder? Und du hast doch selbst gesagt, dass Müller oft in Channarys Büro kommt."

„Wieso?"

„Na, jetzt denk doch mal nach. Warum kommt er wohl in Channarys Büro? Weil ... weil ..."

„Du meinst, weil er ohne Channarys Genehmigungen zum Graben und Forschen so gar nichts machen kann. Stimmt! Channary sitzt am längeren Hebel. Der kriegt alles mit. Muss er auch."

„Na also!"

Kunthea schweigt. Als habe sie Nheans Antwort, obwohl sie sie erwartet hatte, noch nachdenklicher gemacht als zuvor. Und Nhean redet nicht in dieses Schweigen hinein. Er sieht ja, dass sie grübelt. Und er wartet auf das Ergebnis.

„Was ist das für einer, dieser Müller? In der DAILY stand, dass er anerkennend „Der Deutsche" genannt wird. ‚Anerkennend' ... hast du mal mit ihm gesprochen?"

„Ja, öfter, aber immer nur kurz, wenn er zu Channary wollte und wir uns auf dem Flur getroffen haben. Small Talk, sonst nichts. Er ist immer höflich, und er weiß sich zu benehmen. Sehr angenehm eigentlich. Bei den Fachleuten hat er, wie gesagt, einen ausgezeichneten Ruf; da hat die Daily recht. Er hat eine glänzende Zukunft vor sich, sagen sie. Und dass man viel von ihm erwarten darf. Selbst seine Kollegen behaupten das. Er soll sehr ehrgeizig sein. Sehr zielstrebig."

„Warum nicht? Wenn er nur im Schatten sitzt und Mangos isst, nützt ihm der gute Archäologe nichts. Sag mal: Hat er eine Frau? Ich meine: ist er verheiratet?"

„Wieso?"

„Weil es den meisten Männern gut tut, wenn sie verheiratet sind."

„Wie kommst du denn darauf?"

„Na, tut es dir nicht gut, dass du verheiratet bist?"

Nhean lächelt. Er fühlt sich auf wunderbare Art und Weise überrumpelt. Und er breitet vor Kunthea die Arme aus wie einer, der seine Unterlegenheit gerne einräumt. Kunthea erhebt sich, doch als sie Nhean gutmütig umarmt, holt er noch einmal aus.

„Gut, dass du wieder stehst!", sagt er.

„Warum?", fragt Kunthea, die spürt, dass er einen Hintergedanken hat.

„Weil du dann nicht so viel nachdenken kannst."

„Versteh ich nicht."

„Musst du auch nicht; ist überhaupt nicht wichtig. Lass uns lieber den Abend genießen. Wollen wir noch einen kleinen Bummel machen, Touristen angucken?"

15

„Mach es selbst!"

Phirin und Vanna hocken auf dem staubigen Erdboden vor ihrer Hütte. Nebeneinander. Aber sie sprechen nicht; die Angst macht sie stumm. Beide haben denselben Gedanken im Kopf: Heute wird die Polizei wiederkommen. Und dass die nicht lange fackelt, das wissen nicht nur Phirin und Vanna. Alle haben sie ihre Erfahrungen mit den ‚Braunen' gemacht. Sie wissen, was man von ihnen zu erwarten hat. Ihre blitzenden Motorräder, ihre stramm sitzenden, scharf gebügelten Uniformen, ihr ernstes und kurz angebundenes, keinen Widerspruch duldendes Auftreten: das alles sorgt schnell für die gewünschte Einschüchterung. Aber es ist beileibe keine Garantie für Fairness und Gerechtigkeit. Für Unbestechlichkeit. Jeder, der ein Moped besitzt, hat schon einmal bezahlt ohne zu zögern, wenn die ‚Braunen' eine Straße abgesperrt und ihre gefürchteten Kontrollen durchgeführt haben. Niemand fragt dann, warum. Niemand wagt es, sich gegen die Polizei aufzulehnen.

Skeptisch betrachtet Phirin seinen Arm. Da ist es,

das Hah Taew. Wird es ihm helfen? Diese seltsam ineinander verschlungenen Zeichen: können sie wirklich etwas bewirken? Heimlich, ohne dass Vanna es sehen kann, streicht er mit den Fingern seiner rechten Hand darüber. Aber nichts ist zu spüren, gar nichts. Er schließt die Augen, um sich besser konzentrieren zu können und versucht es noch einmal. Sacht streicht er über seinen Arm, so langsam, als suche er etwas, das seine Fingerspitzen kaum wahrnehmen können. Und dann fühlt er ihn: den winzigen Widerstand, kaum merklich, aber auch nicht zu leugnen. Schnell streicht er noch einmal über den Arm, und wieder spürt er ihn, den Widerstand. Erschrocken zieht Phirin den Ärmel nach unten. Ihn schaudert. Hat Vanna etwas bemerkt?

Und da kommen sie! Das Motorengeräusch. Sehr weit entfernt noch ist es zu hören, sehr leise noch, aber unverkennbar. Und es kommt näher, kein Zweifel. Vanna hat es auch bemerkt. Hastig steht sie auf und klopft den Staub aus ihrem Wickelrock, der bis zum Erdboden reicht. Phirin erhebt sich ebenfalls und stellt sich halb hinter sie, als könne sie ihm Schutz bieten. Seine Knie zittern, er kann es nicht verhindern. Die Angst beherrscht ihn völlig. Er will schlucken, aber seine Kehle ist vollkommen trocken; es ist, als sei sie verklebt und mache das Atmen unmöglich.

Das Motorengeräusch kommt schnell näher, und je näher es kommt, desto untrüglicher wird: es sind nicht zwei, es ist nur ein Motorrad. Deutlich kann man hören, wie der Fahrer immer wieder das Gas wegnimmt und der Motor kurz darauf erneut aufheult; Phirin weiß: es ist die sandige Piste, die diese Fahrweise erfordert, die zahlreichen, tiefen Mulden, die man umfahren muss, um nicht wegzurutschen.

Die letzten Meter rollt das Motorrad nur noch im Schritt. Und kaum ist sein Fahrer zu erkennen, atmen sie alle auf: Phirin und Vanna und die anderen, die stumm gewartet haben: es ist nicht die Polizei. Es ist ein anderer Mann.

Sehr langsam lenkt er das Motorrad über den Dorfplatz, der ja nur eine Fläche aus hartem Erdboden und wenig Grün ist, so als suche er sorgfältig den besten Platz für seine Maschine. Sie beschreibt einen vollständigen Kreis, bis sie wieder genau in die Richtung zeigt, aus der sie gekommen ist. Dann bremst der Fahrer, steigt ab, klopft den Staub aus seinem Hemd und schaut sich um.

„Phirin?", fragt er. Doch in dem Augenblick, in dem Vanna einen Schritt zur Seite tritt und auf ihren Mann deutet, nickt Phirin schon mit dem Kopf.

„Ja?" Seine Stimme ist kaum zu vernehmen.

Der Mann geht auf ihn zu und packt ihn am Arm. Er greift überraschend hart zu, so dass Phirin sich heftig erschreckt. Als er seinen Arm voller Angst zurückzieht, nimmt er den Ring am Mittelfinger des Mannes wahr. Ein breiter, protziger Goldring. Ein Totenkopf ist eingestanzt.

„Dein Geld", sagt der Mann leise, dass es niemand sonst hören kann, und lässt Phirins Arm wieder los, „ich bringe dein Geld. Können wir ins Haus gehen?"

Es geschieht alles so schnell, dass Phirin keinen klaren Gedanken fassen kann. Er stolpert voran in seine Hütte, unmittelbar gefolgt von dem Mann.

„Ich bringe dein Geld, du weißt schon." Der Motorradmann flüstert fast. „Aber zuerst musst du mir sagen, wo wir die Apsara finden können."

Phirin ist zutiefst verunsichert. Wieder greift der Mann nach seinem Arm, härter noch als vor wenigen Augenblicken. Er schüttelt ihn, so dass Phirin die Entschlossenheit, die dahinter steckt, im ganzen Körper spürt. Nichts würde er lieber tun als dem Mann eine genaue Ortsbeschreibung geben. Doch er weiß ja selbst nicht genau, an welcher Stelle er die Figur versteckt hat. Wenn er Zeit hätte zu suchen, dann würde er sie wiederfinden, natürlich! Da ist der Graben in der Nähe der Straße, und von dort aus müsste der Bachlauf zu entdecken sein. Er brauchte nur ein bisschen Zeit. Und er ist sich sicher, im Tageslicht auf die Stelle zu stoßen, die er ausgehoben und wieder zugeschüttet hat. Doch genaue Angaben zu machen, ohne das Gelände vor sich zu sehen, ohne sich am Ort selbst umsehen zu können, das ist unmöglich.

„Ich musste sie vergraben. Die Heritage Police war

hinter mir her.“

„Wo?“

Phirin zögert.

„Wo hast du sie vergraben?“ Der Motorradmann schüttelt ihn noch einmal, und diesmal lässt er Phirins Arm nicht wieder los.

„In einem Bach.“

„In welchem Bach?“

Phirin bemüht sich, die Stelle zu beschreiben: das ausgetrocknete Bachbett nahe der Straße der Koreaner. Dabei gelingt es ihm nicht, das Zittern in seiner Stimme zu unterdrücken. Kaum wagt er es, seinem Gegenüber ins Gesicht zu sehen.

„Ich frage nur noch einmal: in welchem Bach?“

„Nicht weit von der Straße der Koreaner“, bringt Phirin endlich heraus und hofft inständig, dass der Mann sich damit zufrieden gibt. Doch dem Motorradfahrer genügt das nicht.

„Du bist also vom Tempel hierher gelaufen, und unterwegs, nicht weit von der Straße der Koreaner, hast du die Apsara vergraben?“

Phirin spürt kaum noch seinen Arm; jedes Gefühl darin scheint vollkommen verschwunden.

„Kannst du mich dorthin führen?“, fragt der Mann, „sofort?“

Endlich gibt er Phirins Arm aus der Umklammerung frei. Und Phirin, dem plötzlich klar wird, dass sein Gegenüber das Versteck allein kaum finden kann, schießt ein verzweifelter Gedanke durch den Kopf: Zuerst das Geld! Und er, der noch vor wenigen Sekunden in seiner Angst kaum gerade stehen konnte, nimmt all seinen Mut zusammen.

„Das Geld", fordert er mit leiser Stimme, „zuerst das Geld."

„Gut", hört er. Aber fast gleichzeitig, ohne jede Vorwarnung, ohne den geringsten Hinweis auf die bevorstehende Gefahr, trifft ihn ein fürchterlicher Schlag. Phirin taumelt. Und als er sich verwundert an den Kopf fasst, weil er noch nicht begreift, was da geschieht, trifft ihn schon der nächste harte Schlag. Und noch einer. Und wieder einer. Blitzschnell. Phirin geht in die Knie und sinkt wie ein Sack in sich zusammen. Vollkommen regungslos liegt er da, doch der Mann tritt noch zwei-, dreimal kräftig zu. Das spürt sein Opfer jedoch schon nicht mehr. Dann reibt sich der Motorradfahrer mit der linken Hand über die rechte, da, wo der Ring sitzt, und verlässt die Hütte.

Draußen haben sich inzwischen etliche Dorfbewohner versammelt, die neugierig und voller Respekt auf den Mann starren, der, ohne sich weiter umzuschauen, sein Motorrad besteigt, startet und davonfährt. Wie alle anderen schaut auch Vanna hinter ihm her, bis das Motorengeräusch verschwunden ist; erst dann wird ihr bewusst, dass Phirin immer noch in der Hütte ist. Warum kommt er nicht auch heraus?

Zögernd, nichts Gutes ahnend, betritt sie ihr Haus. Und keine Sekunde später dringt ein fürchterlicher Schrei durch das ganze Dorf. Ein langgezogener Schrei voller Entsetzen. Einer der Nachbarn, der, mit dem Phirin zum Markt gefahren war, eilt Vanna zu Hilfe und verschwindet ebenfalls in der Hütte. Doch von drinnen sind weitere Schreie zu hören, unentwegt, panisch, einer nach dem anderen, unterbrochen nur von Vannas Versuchen, zwischendurch nach Luft zu schnappen. Und die anderen, die auf dem Platz vor der Hütte stehen, erstarrt zu Salzsäulen, die warten darauf, dass Vanna und der Nachbar aus der Hütte herauskommen und etwas sagen.

Es dauert ewig, bis sie endlich im Eingang der Hütte erscheinen. Zuerst Vanna, deren Füße sich rückwärts ins Freie tasten, mit beiden Händen die Füße Phirins haltend. Dann Phirin, der wie ein Sack durchhängt, den blutüberströmten Kopf zur Seite geneigt. Und zum Schluss der Nachbar, der den schlaffen Körper mit beiden Händen unter den Achseln hält.

Kaum, dass sie die Hütte verlassen haben, legen sie Phirin vorsichtig auf dem Boden ab. Vanna kauert sich sofort neben ihn und nimmt seinen Kopf in ihre Hände; der Nachbar läuft, so schnell er kann, zu seiner Hütte und zerrt sein Motorrad hervor. Er schiebt es zu der Stelle, wo Phirin am Boden liegt, und fordert einen der ratlos herumstehenden Männer auf, den verletzten Phirin mit ihm auf das Motorrad zu heben, sich hinter ihn zu setzen und ihn zu halten, während er selbst sich vor ihn setzt und das Motorrad startet. Behutsam, jede Erschütterung möglichst vermeidend, nimmt er Fahrt auf. Und kurz darauf sind die drei nicht mehr zu sehen.

***

Als sie das Provinzkrankenhaus in Siem Reap erreichen, hat Phirin das Bewusstsein längst wiedererlangt. Doch er ist vollkommen unfähig, auch nur ein Wort von sich zu geben. Seine Hüfte fühlt sich an, als stehe sie in Flammen, und sein Schädel ist blutverschmiert.

Und als Vanna mehrere Stunden später bei ihm eintrifft, erschöpft von dem langen Fußmarsch, entdeckt sie ihn, allein und nur notdürftig versorgt, auf einer Metallpritsche im Innenhof des Krankenhauses, unmittelbar an der Hauswand. Sein Anblick ist so erbärmlich, dass Vanna ihre Tränen nicht zurückhalten kann. Doch sie weiß, was zu tun ist. Sie schraubt die große Plastikflasche mit Wasser auf, die sie unterwegs gekauft hat, und flößt ihrem Mann nach und nach so viel davon ein, dass, wenn auch kaum erkennbar, ein bisschen Leben zurückkehrt in seinen Körper. Erst nach einer geraumen Weile kann er endlich etwas von dem Reis, den sie ebenfalls eingepackt hatte, hinunterschlucken.

„Phirin, mein lieber!", flüstert Vanna immer wieder und schwört sich, alles zu vergessen, was sie an ihm auszusetzen hat. Soll er doch Bier trinken, wenn er welches hat! Wie selten genug das doch ist! Soll er doch dieselben Fehler haben wie alle anderen Männer auch - wenn er nur bei ihr bleibt und sie nicht allein lässt!

Am späten Nachmittag erscheinen zwei Polizisten an Phirins Pritsche. Sie strotzen vor Kraft; die engen Uniformen spannen sich über ihre Bäuche. Erschrocken greift Vanna nach Phirins Hand.

„Wer hat dich zusammengeschlagen?", fragt einer den beiden.

In Phirins Augen flackert die Angst; er bringt kein Wort hervor.

Die Polizisten, die auf ihn herabsehen, grinsen sich vielsagend an; sie geben sich keinerlei Mühe, ihr Machtgefühl zu verbergen. „Also niemand!", sagt der zweite. Und Vanna, die zitternd neben der Pritsche sitzt und immer noch Phirins Hand hält, erhält verächtliche Blicke. Dann wenden sich die beiden wieder ab und gehen.

Gegen Abend gelingt es Vanna mit Hilfe zweier Pfleger, Phirins Pritsche in das Gebäude zu schieben; Vanna möchte nicht, dass er über Nacht im Freien liegen muss. Natürlich hat sie den beiden für ihre Hilfe ein paar Riel zustecken müssen, obwohl sie selbst kaum noch Geld übrig hat. Aber es gibt genügend Verwandte in der Stadt, die sie aufnehmen und versorgen können. Und nachdem sie Phirin noch einmal mit viel Mühe eine kleine Portion Reis in den Mund geschoben und ihm genügend Wasser und etwas zu essen für die Nacht besorgt hat, macht sie sich auf die Suche nach einem Schlafplatz.

***

Mitten in der Nacht kommen die Lichter zurück. Dicht nebeneinander. Die Heritage Police! Phirin macht gar nicht erst den Versuch zu fliehen. Nein, er will keinen Widerstand leisten. Und er weiß ja auch, wie nutzlos der Versuch wäre; er fühlt ja, wie tief seine Beine im Erdboden stecken. Keinen Millimeter kann er sie bewegen; immer tiefer zerrt es ihn hinab in sein Grab. Bis zum Hals ist er schon versunken, und das Auto rast immer schneller auf ihn zu. Ergeben fügt er sich in sein sicheres Schicksal. Er schließt die Augen und wartet auf das Ende. Erst unmittelbar vor ihm bremst der Wagen ab. Eine Autotür öffnet sich und schlägt wieder zu. Und dann ertönt aufs Neue dieses gräßliche Lachen, das er schon kennt. Phirin schreit auf ...

In Schweiß gebadet liegt er auf seiner Pritsche. Um sie herum stehen ein paar Patienten. Wortlos schauen sie ihn an, und als sie bemerken, dass er die Augen geöffnet hat, begeben sie sich langsam zurück zu ihren eigenen Liegen.

Phirin schnappt nach Luft. Die Augen weit aufgerissen, wandert sein Blick ohne Ziel umher. Kaum ein Lichtschein dringt in den Krankensaal; es ist stockfinster. Trotzdem erkennt Phirin sie, wie sie von mehreren Seiten auf ihn zukommen. Mit Keulen und Würgedraht. Einer, ein riesiger Mann im Anzug und mit Krawatte, baut sich vor ihm auf. Er steckt seine Hand langsam in sein Jackett, zieht ein Messer heraus und reicht es Phirin. „Mach es selbst!"

Phirin weicht zurück. Zentimeter für Zentimeter versucht er, sich aus der Gefahrenzone zu entfernen, während der Mann ihm grinsend das Messer hinhält. Bis ihn ein fürchterliches Geräusch zu Tode erschreckt. Und im selben Augenblick, noch während das unheimliche Klirren sein Hirn zu zerreißen droht, spürt er einen hämmernden Schmerz auf seinem Kopf.

„Helft ihm!"

Wie von weit entfernt hört er Stimmen. Kaum kann er das aufgeregte Tuscheln um sich herum ahnen; doch er spürt, dass Hände ihn greifen, an den Füßen, unter den

Armen und ihn wieder auf seine Liege heben.

„Die Scherben", flüstert jemand.

„Mach du das", erwidert ein anderer.

Kurz darauf sind sie verschwunden. Und Phirin liegt wieder allein, starr vor Angst. Das Hah Taew, es ist nutzlos! Die Geister lassen sich nicht zurückhalten. Sie werden wiederkommen, und sie werden ihn töten.

Nein, sie nicht! Das wird er nicht zulassen. Das nicht!

Mühsam richtet er sich auf und tastet nach dem, was Vanna ihm für die Nacht hingelegt hat. Das Wasser, nein, das braucht er nicht mehr. Ebenso wenig den Reis und das längst erkaltete Stück Huhn. Aber das Messer! Er ertastet es, schließt die Hand so fest wie möglich um den Griff. Und voller Verzweiflung, Tränen in den Augen, den Blick abgewandt, zieht er sich die Klinge über seinen linken Unterarm.

15

—

Nheans Verdacht

Mittag. Die mächtige Villa am Sivatha Boulevard, in der Channarys Behörde residiert, trotzt der Hitze. Ihre schmutziggelben Fassaden widersetzen sich fast mühelos den hohen Temperaturen, von innen unterstützt durch die museumsreifen, aber immer noch zuverlässigen Deckenventilatoren, die sich unentwegt in beinahe allen Räumen drehen. Seit französischen Zeiten erledigen sie ihre Aufgabe in stoischer Ruhe. Allein schon deshalb hat Nhean gerne hier gearbeitet. Sein ehemaliges Büro im ersten Stock, nach Westen hinaus, ist einer der kühlsten Räume im ganzen Gebäude, gesegnet überdies mit einem prächtigen Balkon im Schatten einer Baumkrone. Von der Straße betrachtet, ist er durchaus mit der komfortablen Loge in einem großen Opernhaus zu vergleichen.

Nichts hat sich verändert, seit Nhean in den Ruhestand versetzt worden ist. Auf den Rücken der Aktenordner, die immer noch in genau derselben Reihenfolge im selben Regal stehen, ist überall Nheans Handschrift zu erkennen. Wie in den Jahrzehnten zuvor. Und, Nhean kann es zuerst nicht glauben: auf seinem Schreibtisch liegen noch immer die Durchschläge der Briefe, die er zuletzt bearbeitet hat. Amüsiert nimmt er einen von ihnen in die Hand und beginnt ihn zu lesen, als, überraschend, Channarys Sekretärin in der weit geöffneten Tür steht.

„Sie hier?"

Nhean legt den Brief zurück auf den Schreibtisch und schaut auf. Verlegenheit und zugleich Freude sind seine Gefühle, auch Erleichterung darüber, dass er so freundlich angesprochen wird. Er ist nicht vergessen! Selbst von diesem ‚jungen Ding' nicht, wie Channary immer sagte. Ihr Name fällt ihm jedoch nicht mehr ein.

„Haben Sie einen Termin mit dem Herrn Direktor?"

Nhean legt den Brief, den er gerade zu lesen begonnen hatte, zurück auf den Schreibtisch.

„Nicht direkt, nein."

Die junge Frau zögert. Sie ist älter geworden, denkt Nhean, obwohl die paar Monate seit seiner Pensionierung eigentlich keine Rolle spielen dürften. Sie wirkt irgendwie reifer. Nicht mehr so angespannt.

„Der Herr Direktor hat mir neulich gesagt, dass er sich freuen würde, wenn ich mal wieder vorbeikäme." So ähnlich hat er sich doch ausgedrückt, meint Nhean sich zu erinnern. „Und da dachte ich, naja, warum nicht?"

„Ja, aber dann setzen Sie sich doch. Sie kennen ja den Schreibtisch." Und mit einem freundlichen, hintergründigen Lächeln fügt sie hinzu: „Wahrscheinlich könnten Sie ohne Probleme weiterarbeiten, wo sie aufgehört haben, meinen Sie nicht auch? Möchten Sie einen Kaffee?"

Ohne darüber nachzudenken, ob er wirklich einen will, nickt Nhean mit dem Kopf. So eine höfliche, freundliche Frage hat er hier noch selten gehört. Während er sich darüber wundert, macht die Sekretärin kehrt und verlässt den Raum.

Wie schnell sich diese jungen Leute doch entwickeln, denkt Nhean. Ein halbes Jahr reicht aus, und aus einer unsicheren, nervösen Assistentin wird eine selbstbewusste Chefsekretärin. Nachdenklich hört er ihren Schritten hinterher und verfolgt so ihren Weg den langen Gang hinunter bis in die Kaffeeküche. Als sie dort angekommen ist und kurz darauf nur noch Wasserrauschen und Geschirrklappern zu hören sind, setzt er sich an seinen alten Schreibtisch. Er sucht die richtige Sitzposition, dreht sich nach rechts und nach links - es ist ein Drehstuhl - und stellt fest, dass der Stuhl immer noch auf die Höhe eingestellt ist, wie er sie braucht. Offenbar hat niemand auf ihm gesessen und gearbeitet während all der Monate, die er jetzt schon pensioniert ist. Dann nimmt er den Brief erneut in die Hand und beginnt noch einmal mit seiner Lektüre. Es fällt ihm aber schwer, die Zusammenhänge zu begreifen. Mehrmals beginnt er von vorne, und fast immer an derselben Stelle kommt er ins Stocken. Bis ihm klar wird, dass er sich nicht wirklich aufs Lesen konzentriert, sondern aufs Hören. Unbewusst, schon seit einiger Zeit, verfolgt er, soweit das möglich ist, ein Gespräch zwischen der Sekretärin und Channary, das, so weit er es verorten kann, auf dem Gang vor der Küche stattfindet.

„... hat die DAILY geschrieben." Das ist Channary.

„Aber haben Sie es auch so gesagt?", fragt die Sekretärin.

„Natürlich, Sophy, es ist doch immer dasselbe. In fast allen Fällen ist es so ein armes Schwein, das nicht weiß, wie es seine Kröten verdienen soll."

Richtig, Sophy heißt sie, erinnert sich Nhean.

Im selben Augenblick summt das Telefon auf seinem Schreibtisch. Soll er drangehen? Nhean zögert. Noch einmal summt es. Beim dritten Mal antworte ich, nimmt Nhean sich vor. Aber ein drittes Mal summt es nicht mehr. Dafür dringt ihm von neuem das Gespräch ins Ohr, dass Channary und Sophy führen.

„Das kann man nicht wissen", sagt Channary gerade, „aber es könnte natürlich sein."

„... schlimm?", hört Nhean die Stimme von Sophy.

„Sie wissen es noch nicht. Er kann nicht reden. Oder er will es nicht."

Dann ist es still. Und dann hört Nhean Schritte auf dem Gang, und eine Tür wird geschlossen. Die von Channary; wie oft hat Nhean dieses ploppende Geräusch gehört, gefolgt von einem Schmatzen in genau dieser Lautstärke!

Hat Sophy ihrem Herrn Direktor nicht gesagt, dass Nhean in seinem alten Büro sitzt? Er versucht sich an das zu erinnern, was er in der DAILY gelesen hat. Es geht doch sicher um den Raub der Apsara. Irgendetwas stand da jedenfalls über einen möglichen Täter und wo man ihn vermutet.

„Ihr Kaffee!" Sophy lächelt und stellt einen Becher auf den Tisch. „Sie wollten ihn doch süß, oder?"

Wenn Sophy das sagt, dann ist er mit Sicherheit so süß, dass der Zucker kaum noch Platz für den Kaffee lässt. Sie will das Büro schon wieder verlassen, da schießt Nhean eine Idee durch den Kopf.

„Wer kann nicht reden?", fragt er.

Sophy dreht sich um und schaut ihn fragend an.

„Nicht reden?" Zunächst versteht sie nicht, was Nhean meint. „Ach so, ja, hier auf dem Flur hört man jedes Wort."

Und als Nhean sie ebenso fragend ansieht, beeilt sie sich zu sagen: „Sie haben da einen Mann ins Krankenhaus gebracht, von dem sie glauben, dass er etwas mit dem Raub der Apsara zu tun haben könnte. Aber das kann man natürlich nicht wissen. Er ist immer noch bewusstlos."

Ohne sich darüber ihm Klaren zu sein, warum, fragt Nhean: „In welches Krankenhaus?"

„Ins Provincial."

Sophy zögert. Sie merkt natürlich, dass Nhean sehr interessiert ist an dieser Geschichte, und sie bleibt noch eine Weile stehen, weil sie mit weiteren Fragen rechnet.

Doch als die nicht kommen, dreht sie sich um und verläßt nach einem freundlichen Blick den Raum.

Nhean sitzt wieder allein an seinem alten Schreibtisch. Tief in Gedanken versunken, unter dem regelmäßig auf- und abschwellenden Luftzug, den der Ventilator erzeugt, schlürft er nach und nach den Kaffee in sich hinein. Heiß ist er und noch viel süßer, als befürchtet. Aber er wirkt belebend.

Und dann fasst er einen Plan.

***

Von der Behörde am Sivatha Boulevard ist es nur ein Katzensprung hinüber ins Provincial Hospital. Zuerst am Alten Markt vorbei, dann nach links und knappe 200m die Pithnou Street hinauf, bis auf Höhe der gegenüber einmündenden Street 07. Dafür braucht Nhean kaum fünf Minuten.

Wie immer am frühen Nachmittag, wenn die Temperatur ihren Höhepunkt erreicht, liegen der Eingang und der Platz vor dem Hauptgebäude relativ verlassen in der sengenden Hitze. Am Straßenrand vor dem weit geöffneten Tor warten zwei Tuktuks; ihre Fahrer haben sich nach hinten auf die Sitzbänke verkrochen und dösen im

Schatten vor sich hin. Auch eine mobile Garküche steht da, eng an eine Mauer geparkt; in ihren gläsernen Vitrinen dutzende von Mini-Baguettes, geschnittenem Gemüse, portioniertem Fleisch.

Eine endlose Gruppe koreanischer Touristen schlurft, immer zu zweit unter bunten Sonnenschirmen, gleichförmig wie ein Tausendfüßler die Straße entlang.

Nhean passiert den Eingang und bewegt sich langsam, unentschlossen auf das Hauptgebäude zu. Noch hat er keine Idee, wie er seinen Plan umsetzen soll. Er weiß nur, was er will: den Bewusstlosen finden. Irgendetwas würde sich dann schon ergeben. Sein Wunsch, sich in den Fall der verschwundenen Apsara einzuschalten, hat ihn vollkommen gefangen genommen. Endlich ist es ihm möglich, seinen Schreibtisch zu verlassen und etwas Praktisches anzufangen. Ohne jemanden zu fragen! Wie oft in den vergangenen Jahren hat er seinen Drehstuhl in der Sivatha Road wie ein Folterinstrument empfunden, wenn sein Chef einfach aufstehen und hinaus ins Leben gehen konnte. Unternehmungslust hat Nhean gepackt, fast so etwas wie Euphorie. Doch die bekommt einen erheblichen Dämpfer, kaum dass er das eigentliche Hospital betreten hat.

Ganz anders als im Freien, wo sich nur wenige Patienten und deren Familien oder Freunde aufhalten - da gibt es kaum einen schattigen Quadratmeter -, wimmelt es in den Fluren des Gebäudes wie in einem Termitenbau. Und kaum hat er das Haus betreten, prallt er vor eine Wand aus schlechter Luft. Es ist eine Mischung aus Schweiß, Urin, Medikamenten und Speisen, die ihm den Atem nimmt. Die wenigen, weit geöffneten Fenster sorgen kaum für Entlastung. Dicht an die Wände gelehnt stehen Betten mit Kranken. Stahlrohrbetten, bezogen mit Laken, die schon tausendmal gewaschen und ein weiteres Mal befleckt worden sind. Blut, Ausflüsse, Speisereste. Davor, daneben, stehend und sitzend, die Besucher. Und auf den Liegen die armen Schweine von Patienten, manche lethargisch, viele mit geschlossenen Augen.

Die meisten scheinen diese Situation als ganz selbstverständlich hinzunehmen. Sowohl die Patienten als auch ihre Familien. Zwar führen sie ihre Unterhaltungen gedämpfter als sie es von ‚draußen' gewohnt sind, aber man könnte nicht sagen, dass die Stimmung depressiv ist. Es wird auch gelacht und geneckt, gegessen und getrunken. Nur die Kinder, die dabei sind, spüren, dass es hier anders ist als zu Hause. Sie drücken sich an ihre Mütter und verhalten sich bemerkenswert ruhig.

Nachdem Nhean sich oberflächlich orientiert hat, begibt er sich auf die Suche. Langsam und rücksichtsvoll bewegt er sich nach links den Gang hinunter. Nicht ohne Scham und Hemmung hält er nach dem gesuchten Mann Ausschau. Aber je weiter er sich vorarbeitet durch die Wand aus abstoßenden Gerüchen und unerfreulichen Eindrücken, desto weniger Hoffnung auf Erfolg hat er. Er weiß ja nicht einmal, wie der Mann aussieht. Er weiß nur, dass er bewusstlos ist - wenn er es noch ist! Und sein Alter? Ganz jung kann er nicht mehr sein, alt aber auch nicht.

Am Ende des Ganges, auf der rechten Seite, öffnet sich ein größeres Krankenzimmer. Fast schon ein Saal. Auch er voller Menschen. Nhean bleibt einen kurzen Augenblick stehen und schaut sich um.

Ganz in seiner Nähe, ein paar Meter entfernt nur, liegt ein kleiner Junge auf dem Rücken, sein Oberkörper nackt, das dünne Betttuch zur Seite gestrampelt. Apathisch starrt er an die Zimmerdecke. Nhean bemerkt sein in weiße, blutbefleckte Tücher gewickeltes Bein und wendet seine Augen schnell ab.

Da ist eine Frau. Aufrecht sitzt sie auf einer Liege, auf dem Schoß eine große Plastikflasche mit Wasser. Für einen kurzen Moment treffen sich ihre Blicke; die Frau guckt Nhean an, als erflehe sie dringend Hilfe von ihm. Doch er geht schnell weiter, in eine andere Richtung.

Zwei Krankenpfleger bemühen sich, ein Stahlrohrbett aus dem Saal zu schieben; ein Mensch liegt darin, bewegungslos. Ein Paar mit seinen zwei Kindern steht hilflos dabei, sieht zu und schweigt.

Nhean betritt einen weiteren Raum. Beinahe kommt er dabei zu Fall, als er eine dünne Matratze übersieht, die einfach nur auf dem Steinboden liegt. Er erschrickt; es ist ihm unangenehm. Aber der Mensch, der sich da auf der Matte zusammengerollt hat, scheint es nicht bemerkt zu haben. Er liegt da, als sei er schon tot. Nhean hält den Atem an und schaut genauer hin. Nach einer Weile erkennt er, dass sich die Brust des Kranken, kaum merklich, hebt und senkt, und er ist erleichtert.

An diesen schließt sich noch ein Raum an, in dem es genauso aussieht wie in den beiden anderen und auf den Fluren: dicht nebeneinander stehende Liegen, alle belegt; drumherum Angehörige oder Freunde, die sich stehend, auf Hockern oder auf den Betten ihrer Angehörigen sitzend miteinander unterhalten oder auch einfach nur da sind. Zeit scheint keine Rolle zu spielen. Manche Besucher machen den Eindruck, als wollten sie den ganzen Tag hier verbringen. Sie haben Tüten und Wasserflaschen und Plastikschalen und Schüsselchen auf den Liegen ausgebreitet wie bei einem Picknick. Bloß nicht umdrehen!, denkt Nhean beim Anblick der Patienten, die selber kaum noch Platz auf ihren Betten haben.

Und der Bewusstlose? Viele liegen da, die bewegungslos, apathisch, ihrem Schicksal ergeben, vor sich hin starren. Mit geöffneten oder geschlossenen Augen. Wie soll er da ausgerechnet den finden, von dem Channary berichtet hat? Von dem er nichts weiß, außer dass er vielleicht noch bewusstlos ist?

Nhean ist ratlos. Und erleichtert, dass es von diesem Raum nicht weiter in einen vierten und fünften geht, sondern dass er zurück muss. Wieder stolpert er dabei über die Ecke der Matratze, die ihm beinahe schon einmal zum Verhängnis geworden ist. Doch der Kranke, der darauf liegt, registriert es auch diesmal nicht.

Und da liegt auch wieder der kleine Junge mit dem entblößten Oberkörper auf dem Rücken und starrt unverändert nach oben, auf die Zimmerdecke. Wieder trifft Nheans Blick auf das offenbar schwer verletzte Bein, und wie vor wenigen Minuten wendet er seine Augen schnell ab.

Und als sei er eine Figur in einem Film, der rückwärts läuft, starrt ihn auch die Hilfe suchende Frau mit der Wasserflasche auf dem Schoß wieder an. Diesmal kann er sich nicht von ihrem Blick lösen. Was ist mit ihr? Unentwegt starrt sie ihn an, ihn, Nhean, und keinen anderen; kein Zweifel! Kennt sie ihn?

Die wenigen Schritte, die er gehen muss, um zu ihr zu gelangen, erscheinen ihm wie ein weiter Weg.

„Kann ich helfen?"

Nhean flüstert es, nicht nur aus Rücksichtnahme auf die anderen.

Die Frau legt die Flasche aufs Bett und erhebt sich. Aufrecht steht sie vor ihm, voller Müdigkeit, erschöpft.

„Ich weiß es nicht. Aber ich danke für deine Frage."

Sie schaut Nhean direkt in die Augen. Das ist ungewöhnlich. Nhean erkennt, dass sie, ohne es zu sagen, um Hilfe fleht. Verlegen schaut er hinab auf die Liege neben ihnen und betrachtet den Mann, der sich darauf befindet. Ein kräftiger, zäher Mann. Wie ein Boxer, den ein gezielter Schlag vollkommen wehrlos gemacht hat. Um den Kopf trägt er einen Verband, offenbar in großer Hast gewickelt und achtlos verknotet, getränkt von Blutflecken. Die Augen sind geöffnet, doch sie sehen ins Nichts. Neben dem Körper sein Arm, auch um das Handgelenk ein blutiger Verband.

„Was ist passiert?", fragt Nhean.

„Sie haben ihn zusammengeschlagen!"

Die Frau bringt diese kurze Erklärung nur mühsam heraus. Und als erlebe sie in allen Einzelheiten mit, was sie gerade gesagt hat, kriecht sie in sich selbst hinein und hält die Hände vors Gesicht. Nhean bemerkt, dass sie zittert. Ohne darüber nachzudenken und ohne etwas zu sagen, legt er seine Hand auf ihre Schulter, und sie schluchzt auf. Nhean wartet, gibt ihr Zeit. Nach einer Weile beruhigt sie sich und wischt sich mit dem Handrücken die Tränen aus den Augen.

„Warum?", fragt Nhean.

„Ich weiß es nicht."

Nhean wartet. Er könnte viele Fragen stellen, aber diese Fragen werden auch beantwortet werden, ohne dass er sie gestellt hat; das ist ihm klar.

„Und du?", fragt sie schüchtern, „wer bist du?"

Diese Frage hätte Nhean nicht erwartet. Er stottert ein wenig herum, doch dann nennt er ihr seinen Namen und erzählt ihr, dass er im Kleinen Phnom Penh gearbeitet hat.

„Bei Channary?"

Nheans Verblüffung ist groß. Woher kennt sie Channary?

„Unser Ältester arbeitet manchmal bei ihm. Als Gärtner."

„Ach so!" Nhean überlegt: Kennt er ihn vielleicht?

„Es war nur ein Mann", erzählt sie plötzlich, noch bevor Nhean sich ganz von seiner Überraschung erholt hat. „Er ist auf dem Motorrad ins Dorf gekommen. Und Phirin", sie schaut auf den Mann auf der Liege, „er ist mit ihm in die Hütte gegangen."

„Hat der Mann etwas gesagt?"

„Er hat von Geld geredet. Dass er Phirin sein Geld bringe oder so ähnlich; ich weiß es nicht mehr genau."

„Kennst du ihn?"

„Nein."

Beide schweigen sie. Keiner weiß mehr etwas zu sagen. Bis sie auf seinen Unterarm deutet.

„Heute nacht wollte er sich umbringen."

Sie reißt die Hände hoch und hält sie sich vors Gesicht. Schluchzt. Ihre Schultern zucken heftig. Nhean nimmt sie unsicher in den Arm und wartet ab. Er hat das Gefühl, als breche ein Staudamm. Erst allmählich lässt das Zucken nach, und Nhean, dem es plötzlich unangenehm ist, dass er diese ihm unbekannte Frau in den Arm genommen hat, zieht ihn hastig zurück.

Doch diese ein, zwei Minuten haben genügt, um Nähe zwischen ihnen zu schaffen. Ein gegenseitiges Verstehen, das von dem Wunsch geprägt ist, weiter zu reden.

„Wie heißt du?", fragt Nhean schließlich.

„Vanna."

„Und das ist dein Mann?"

„Ja."

Und als Nhean sie fragend anschaut, fügt sie hinzu: „Er heißt Phirin."

„Er wird gesund werden. Er ist kräftig und stark", tröstet Nhean. „Wo wohnt ihr?"

Vanna erklärt es ihm. Sie beschreibt ihm, wo Paleah liegt. Und noch während sie spricht, wächst die Gewissheit in Nhean. So, wie Vanna es beschreibt, liegt das Dorf nicht weit entfernt von dem Ort, an dem die Apsara gestohlen worden ist. Nhean ist beinahe überzeugt, dass Phirin der Dieb ist. Aber auch, dass so einer wie Phirin niemals allein auf so eine Idee kommt, sondern dass er den Auftrag zu dem Verbrechen bekommen hat. Das wenige, was Vanna ihm erzählt hat, lässt jedenfalls kaum einen Zweifel daran.

Nhean schaut die Frau an. Sie tut ihm leid. Diesmal ist

sie es, die seinem Blick ausweicht. Sie beugt sich hinunter zu ihrem Mann und streichelt ihm beruhigend den Arm. Er reagiert nicht.

„Was hat er da auf dem Arm?", fragt Nhean.

„Das Tatoo?"

Nhean bittet Vanna, den Ärmel des zerschlissenen Hemdes, das Phirin trägt, weiter hinaufzuschieben.

„Ein Yantra", erkennt er, „ein Hah Taew."

Vanna schaut ihn an, die Frage in den Augen.

„Man glaubt, dass es vor bösen Geistern schützt, die einen verfolgen. Vor Rache."

Vanna schüttelt den Kopf. „Dann hat es ihm nichts genützt."

Nhean bestätigt, wortlos, kaum erkennbar, was sie gesagt hat. Sie hat recht, denkt er. Jedenfalls hat er jetzt kaum noch einen Zweifel an seiner Theorie: Es war Phirin, der die Apsara gestohlen hat. Aber er hat es im Auftrag anderer getan.

„Wo hat er das Hah Taew machen lassen?"

Vanna schüttelt den Kopf.

„Das hat er nicht gesagt."

Nhean schaut sie an, als sei er mit ihrer Antwort nicht zufrieden. Er wartet.

„Vielleicht bei dem alten Mönch", sagt sie zögerlich, unsicher. Und als sie spürt, dass Nhean es genauer wissen möchte, erklärt sie ihm, wo die Hütte des Mannes liegt.

Nhean ist zufrieden. Er verabschiedet sich und geht. Vanna sieht ihm ein bisschen verwirrt, aber auch dankbar hinterher.

17

Besuch beim Mönch

Mehr als 10, höchstens 12 Kilometer können es nicht sein. Nhean rechnet. Es ist kurz nach drei Uhr am Nachmittag, und ein Tuktuk würde für die Strecke eine gute halbe Stunde brauchen, vielleicht etwas mehr. Also wäre er rechtzeitig zum Abendessen wieder bei Kunthea.

Soll er es machen? Was könnte er von dem Mönch erfahren? Phirin wird ihm nicht erzählt haben, warum er das Tatoo haben wollte. Aber vielleicht kann er irgendetwas heraushören, das ihm weiterhilft.

Vor dem Eingangstor des Provincial warten immer noch die beiden Tuktuks. Nhean benötigt nur wenige Sekunden, um sich für eines von ihnen zu entscheiden; warum aber gerade das, könnte er nicht einmal sagen. Ob er am Ziel warten und ihn auch wieder zurückfahren soll, will der Fahrer wissen. Ja! Und weil es schnell gehen muss, lässt Nhean sich auf einen zu hohen Preis ein.

Der Tuktukfahrer zieht ein Tuch unter seinem Sitz hervor, wischt die Handgriffe der Lenkstange ab, vergewissert sich, ob sein Fahrgast auf der Rückbank Platz genommen hat, und knattert los. Bis auf das letzte Stück, auf dem Nhean ihn führen muss, kennt er die Strecke im Schlaf: Angkor Wat, um den Bayon herum, am Tempel Preah Khan vorbei weiter nach Norden bis zur Straße der Koreaner. Und dann nach Osten abbiegen. Es ist immer noch heiß um diese Tageszeit, aber der Fahrtwind erfrischt.

Hinter der Abbiegung fährt er langsamer. Nhean beugt sich unter dem tief sitzenden Sonnendach des Gefährts hindurch und über das erhitzte Metallgeländer hinweg nach außen und hält Ausschau nach dem Feldweg, der, noch vor einem Waldgebiet, durch die Reisfelder nach Süden führen soll. Aber da gibt es viele. Der erste, den sie ausprobieren, endet nach ein paar hundert Metern, und sie müssen kehrtmachen und zurück zur Hauptstraße. Genauso der zweite. Wieder zurück auf der Hauptstraße, verlangt der Tuktukfahrer einen höheren als den vereinbarten Preis. Nhean stimmt, leicht verärgert, zu; er will unbedingt zu dem Mönch, egal wie. Egal, ob es paar tausend Riel mehr oder weniger kostet. Und er hat Glück: der dritte Versuch scheint erfolgreich. Die schmale Piste schlängelt sich in sanften Bögen immer weiter nach Süden, bis nicht nur auf ihrer linken, sondern auch auf der rechten Seite der Wald dichter wird. Und der Weg schlechter. Zahllose Wurzeln, mit denen er reichlich gesegnet ist, rütteln an dem kleinen Fahrzeug; angespannt, mit viel

Mühe versucht sein Fahrer, den schlimmsten auszuweichen. Nhean rechnet schon mit einer weiteren Fahrpreiserhöhung. Doch dann, völlig unvermittelt, öffnet sich der Wald zu einer kleinen Lichtung, von der, wiederum nach Osten, ein schmaler Pfad vom Hauptweg abzweigt und direkt ins Unterholz führt. Das muss der Weg nach Paleah sein.

Und genauso, wie Vanna es beschrieben hat, steht da eine Hütte.

Noch bevor das Tuktuk unter einem Baum zum Stehen kommt, tritt ein Mann hervor: groß, kräftig mit dichten, wuscheligen Haaren. Das ist er, denkt Nhean; genau so hat Vanna ihn beschrieben. Er steigt aus, grüßt, beugt den Kopf ein wenig nach vorn und legt seine Hände respektvoll auf Höhe der Stirn zusammen. Der Mann erwidert diesen Gruß nachlässig, sagt aber kein Wort. Steht nur da und wartet.

Nhean nennt höflich seinen Namen. Sein Gegenüber nickt mit dem Kopf, schweigt aber weiter. Der TukTukfahrer kann seine Neugier kaum verbergen. Er steht vor seinem Fahrzeug, starrt die beiden Männer an und kratzt sich am Kopf. Das gefällt Nhean nicht. Er deutet dem Mönch an, dass er sich ein Stück vom Tuktuk entfernen möchte, und geht ein paar Meter auf die Hütte zu. Der Mönch folgt ihm.

„Kann es sein, dass du dich mit Tatoos auskennst?",

fragt Nhean.

„Was brauchst du?", entgegnet der Alte.

Vertrauenerweckend sieht er nicht unbedingt aus, denkt Nhean. Er fühlt sich nicht sehr wohl in dieser Situation. Kann sich kaum vorstellen, dass dieser Mann, der da in dem ausgebleichten T-Shirt von Thai Airways vor ihm steht, einmal ein Mönch war.

„Ich selber brauche keins. Aber vor drei Tagen war ein Mann bei dir, dem du ein Hah Taew gemacht hast."

Auf einmal scheint sich der Mönch für das Gespräch zu interessieren.

„Was ist mit ihm?"

„Hat nicht funktioniert. Irgendjemand hat ihn zusammengeschlagen. Er liegt im Krankenhaus."

Die Zunge des Alten streicht hin und her über seine Oberlippe, und sein Blick wandert suchend in der Gegend herum. Offensichtlich versucht er, sich an Phirin zu erinnern.

„Ja", sagt er nach einiger Zeit, die Nhean geduldig abwartet, „er hat nicht alles bezahlt. Ich habe ihm gesagt, dass er mir den Rest später bringen soll."

„Und was hat er dir noch gesagt?"

Wieder versucht der Mönch sich zu erinnern.

„Nichts hat er gesagt!" Und dann, völlig unerwartet und ohne die Gelassenheit, die er bisher gezeigt hat, fragt er sichtlich gereizt: „Warum willst du das wissen?"

Er hat Angst, denkt Nhean. Wovor?

„Es geht mir nicht um deine Arbeit. Ich interessiere mich nur für eine unangenehme Sache, die passiert ist."

Und weil er sich bis zu diesem Augenblick nicht einen einzigen Gedanken gemacht hat über irgendeine Gesprächsstrategie, und weil er eigentlich auch gar nicht weiß, was er hören will, holt er zu einer längeren Erklärung aus. Er erzählt dem Mönch von seiner Arbeit im Kleinen Phnom Penh, dass er von dem Diebstahl der Apsara in der DAILY gelesen hat, und dass er Phirin für den Täter hält.

Als er mit seinem kleinen Vortrag fertig ist, schaut der Mönch ihn an. "Und ich soll ihn jetzt ans Messer liefern?"

„Nein", antwortet Nhean sofort, „ihn nicht. Aber nur über ihn können wir erfahren, wer eigentlich dahintersteckt."

Wird ihm der Alte glauben? Er steht da und schaut Nhean in die Augen. Sie sind klar, seine Augen, denkt Nhean, und er weicht dem Blick nicht aus. Ja, jetzt kann er sich doch gut vorstellen, dass dieser Mann ein Mönch gewesen ist. Warum er die Sangha wohl verlassen hat? Hängt es mit der Angst zusammen, die Nhean vor wenigen Augenblicken an ihm wahrgenommen hat?

„Ich kann dir nicht viel dazu sagen. Er hat mir nur erzählt, dass er sich davor fürchtet, von bösen Geistern verfolgt zu werden. Oder dass die Götter ihn strafen könnten."

Nhean glaubt ihm. Eine Weile stehen sich die beiden Männer gegenüber, ohne etwas zu sagen. Dann bedankt Nhean sich bei dem Mönch und lässt sich in die Stadt zurückfahren. Der Weg zurück, denkt er, ist immer schneller als der Hinweg.

18
—

Ein paar Scheinchen

Als sie den Bayon passieren, fragt Nhean sich - wie immer, wenn er an diesem Tempel vorbeikommt -, warum er sich ausgerechnet hier beobachtet fühlt? Wie oft ist er hier schon vorübergefahren, wie oft hat er angehalten und sich die wunderbaren Reliefs an der Südseite angesehen! Und trotzdem: jedes Mal neu fühlt er sich von den steinernen Gesichtern beobachtet, die da von den halb zerfallenen Türmen immer noch auf ihn herunterschauen.

Durch diese Gedanken abgelenkt von seinen Grübeleien über Phirin und den Raub der Apsara, erinnert er sich plötzlich daran, dass Kunthea am Abend zuvor zwei halbe Hähnchen mariniert hat. Und augenblicklich hat er den köstlichen Duft in der Nase, den die wunderbare Paste aus rotem Kampot-Pfeffer, Knoblauch, Pilz-Sojasauce und anderen Gewürzen verströmt. Und im Mund den einzigartigen Geschmack der Sauce aus Pfefferkörnern und Limetten...

„Du kommst spät!"

Kunthea dreht sich um, als er endlich die winzige Küche

betritt.

„Aber nicht zu spät, wie ich sehe und rieche."

Kunthea mag diesen leicht ironischen Ton nicht, der gar nicht zu der liebevollen Umarmung passt, und sie weicht ihr aus.

„Ich bin noch nicht fertig."

Doch gleichzeitig beginnt sie zu decken, und eine Minute später steht das Essen auf dem Tisch.

„Erzähl! Was hast du gemacht heute?"

Nhean, der bereits ein Stück von dem zarten, meisterlich gepfefferten Fleisch mit der Zunge genußvoll gegen seinen Gaumen drückt und seinen Geschmacksnerven freien Lauf lässt, bittet um einen Moment Geduld. Übertrieben langsam kauend, mit halb geschlossenen Augen, deutet er mit den Essstäbchen auf seinen Mund und gibt Kunthea damit zu verstehen, dass er soeben das kulinarische Paradies betreten hat. Doch dann, nach diesem ersten Hochgefühl, in großer Vorfreude auf weitere, erzählt er. Von seinem Besuch im Büro, von seiner Bekanntschaft mit Vanna im Provincial Hospital und der Begegnung mit dem alten Mönch. Je länger er erzählt, desto aufmerksamer hört Kunthea ihm zu. Und das Fleisch auf ihrem eigenen Teller wird kalt.

„Warum interessiert dich das so?", fragt sie, als Nhean seinen Bericht abgeschlossen hat.

Nhean zögert. Er weiß es ja auch nicht so richtig.

Vielleicht hat es etwas damit zu tun, dass er solche und ähnliche Fälle viele Jahre lang immer nur von seinem Schreibtisch aus verfolgen konnte. Oft war er nicht damit zufrieden, wie sie bearbeitet oder ‚gelöst' wurden. Und diesmal - diesmal hat sich durch einen Zufall die Möglichkeit ergeben selbst zu handeln.

„Aber du bist nicht die Polizei. Und schon gar kein Detektiv!"

„Nein, bin ich nicht. Aber Phirin tut mir leid."

„Phirin?"

„Der Mann, den sie zusammengeschlagen haben. Ich glaube, er ist der Täter."

„Und warum tut er dir dann leid?"

„Weil er nicht der wirkliche Täter ist. Glaub ich jedenfalls."

„Also entweder hat er's getan oder nicht."

„Natürlich hat er es getan."

Kunthea schüttelt verwirrt den Kopf und lehnt sich zurück.

„Er hat es getan", versucht Phirin zu erklären, „aber es ist nicht seine Schuld. Verstehst du das?"

„Nein!"

Phirin fasst sich an den Kopf. Aber nicht aus Verzweiflung über seine Frau, sondern aus Ärger über sich selbst. Ihm ist klar, dass er sich etwas ungereimt, wenn nicht nebulös ausgedrückt hat.

„Meine Schuld!", versucht er Kunthea, die zunehmend ungehalten wirkt, zu beruhigen. „Also, neuer Versuch: ich glaube, dass Phirin die Tat zwar ausgeführt hat, dass ihn aber andere dazu angestiftet haben."

„Aber wieso? Er musste es doch nicht tun, wenn er es nicht wollte."

„Doch! Es war nicht schwer, ihn zu überzeugen. Er ist ein ganz armes Schwein. Und mit ein paar Dollar haben sie es wahrscheinlich schnell geschafft."

Kunthea denkt nach. Tief in ihre Gedanken versunken, schiebt sie sich ein Stück von dem Hähnchen in den Mund, und nachdem sie eine Weile darauf herumgekaut hat, registriert sie, dass es längst kalt geworden ist. „Moment." Sie erhebt sich, schiebt die Fleischstücke, die auf ihrem Teller liegen, noch einmal in die Pfanne und dreht kurz das Gas auf. Kräftig! Zwei-, dreimal umgerührt, und das Fleisch ist wieder heiß.

„Ich kann mir gar nicht vorstellen, wie Phirin das gemacht hat, ohne dass sie ihn dabei gesehen haben. Die werden doch alle bewacht, die Tempel. Auch in der Nacht."

„Stimmt!"

Das sagt Nhean einfach so daher, ohne selber auch nur ein einziges Sekündchen darüber nachgedacht zu haben. Doch kaum hat er es gesagt, wird ihm schlagartig bewusst: Natürlich, sie hat recht: alle Tempel werden in der Nacht geschützt! Das weiß auch Phirin. Und trotzdem hat er den

Raub riskiert. Das bedeutet: er muss gewusst haben, dass der kleine Tempel in ‚seiner' Nacht ausnahmsweise nicht bewacht wird. Tief in Nheans Brust jubiliert etwas.

„Du meinst, die Wachleute haben auch ein paar Scheinchen bekommen?", fragt Kunthea vorsichtig.

„Das meine ich!" Da ist plötzlich wieder dieser etwas ironische, nicht sehr angenehme, überhebliche Ton.

„Du meinst es, aber du weißt es nicht!"

Nhean stutzt. Wieder hat sie recht! Auch wenn seine Theorie viel für sich hat: überprüft hat er sie nicht. „Das kann ich ja schnell herausfinden", sagt er.

„Das meine ich!" Kunthea freut sich diebisch über ihre gelungene Replik. Und Nhean gesteht sich ein, dass er den Kürzeren gezogen hat.

„Möchtest du noch ein bisschen von dem Huhn?" Ein Friedensangebot, noch bevor der Krieg begonnen hat. Nhean nimmt es an.

„Ich könnte Vanna fragen", überlegt er laut.

„Vanna?"

„Die Frau von Phirin, hab ich doch eben gesagt. Wahrscheinlich ist sie öfter bei ihm im Krankenhaus."

„Und woher soll die das wissen?"

„Von Phirin. Vielleicht hat er ihr mehr erzählt, als sie mir berichtet hat."

Kunthea nickt mit dem Kopf. Dann legt sie ihre Stäbchen auf dem Teller ab und lehnt sich wieder zurück. Erst nach einer ganzen Weile hebt sie den Kopf und schaut ihrem Mann, der soeben erneut und tief ins kulinarische Nirvana eindringt, in die Augen. So tief, dass er sofort spürt: da kommt etwas!

„Ist sie hübsch?"

„Wer?"

„Vanna."

Die Antwort kommt so schnell, dass Nhean das Zögern, das dahinter verborgen ist, nicht überhören kann.

Und er genießt seine Antwort im Vorhinein. „Sehr!" Und zieht sie so in die Länge, als spüre er die Wirkung dieses winzigen Wörtchens in seinem ganzen Körper. „Sie hat tiefschwarze, glänzende, weiche Haare. Und eine unglaubliche Figur. Und sie schaut wie ein junges, hungriges Kätzchen. Aber ..."

„Was ‚aber'?" kommt die angespannte, ungeduldige Nachfrage.

„Ich glaube nicht, dass sie weiß, was so ein wunderbares Hühnchen bewirken kann."

19

Zwei Zeugen

So gerne Vanna auch Nheans Fragen beantworten würde: sie kann es nicht! Sorge, Angst und Verzweiflung haben ihr jegliche Kraft genommen: Phirin liegt wie tot auf seiner Pritsche. Kein Sterbenswörtchen dringt aus seinem Mund. Hilflos ist er den Fliegen und Moskitos ausgeliefert, die um seine von Blut und Schweiß durchtränkten Verbände herumschwirren; unablässig wedelt Vanna mit einem Federstab über ihm durch die Luft. Hin und her. Die Fleischer auf dem Markt haben es besser, denkt Nhean, die lassen elektrisch wedeln.

„Er war so froh, dass er endlich mal wieder Bier trinken konnte!", sagt sie mehr zu sich selbst als an Nhean gewandt.

„Wann?"

„In der Nacht, als es passiert ist."

„Vor einer Woche?"

„Ja, vor Mahga Puja."

In der Erinnerung an diese Nacht kehrt ein bisschen Leben in ihr Gesicht zurück. „Die Männer waren so ausgelassen!"

Nhean wird hellhörig. Das ganze Dorf habe gefeiert, erzählt Vanna ihm. Und das sei sehr selten in Paleah. Eigentlich sei es noch nie so gewesen. Niemand habe ja Geld für so etwas.

„Und woher hattet ihr es an dem Abend vor Mahga Puja?"

Vanna zögert. Überlegt.

„Ich weiß es nicht", antwortet sie schließlich. „Wirklich nicht." Und das klingt so verschämt, so erschrocken über die eigene Ahnungslosigkeit, dass Nhean es ihr glaubt.

„Und alle waren dabei?"

„Alle!" Vanna ist froh, endlich eine Frage beantworten zu können. „Sogar Meas und Chankrisna. Ich weiß es ganz genau."

„Wer sind die beiden?"

„Kennst du sie nicht?" Vanna schaut Nhean irritiert an. „Sie arbeiten doch auch für Channary."

„Wer?"

„Meas und Chankrisna, die Wachmänner."

Kaum hat sie das ausgesprochen, geht ihr auf, was sie da gesagt hat. Mit wenigen, scheinbar harmlosen Worten, ohne lange nachzudenken, hat sie die Wahrheit der Nacht vor Mahga Puja freigelegt. Und sie begreift, wie dumm sie sich angestellt hat.

***

Diesmal nimmt Nhean sich ein Motorradtaxi. Ein Tuktuk, hat Vanna erklärt, kann unmöglich bis Paleah fahren; der Weg von der Hütte des Mönches bis ins Dorf ist viel zu schmal; das Unterholz, die Bäume stehen zu dicht.

Als sie das Waldstück endlich passiert haben und auf die kleine Lichtung stoßen, um die herum die paar Hütten gruppiert sind, werden sie längst erwartet, angestarrt aus vielen Augen. Niemand in Paleah überhört das Geknatter eines Motorrads! Schon gar nicht, nachdem erst vor wenigen Tagen die Polizei hier war und keine 24 Stunden später einer von ihnen brutal zusammengeschlagen wurde. Mißtrauen liegt in den Blicken, Angst vor etwas, das man nicht kennt. Niemand spricht. Niemand nähert sich dem Motorrad. Die einzigen, die unverhohlen ihre Neugier zeigen, sind die Kinder. Sie freuen sich über die Abwechslung. Laufen auf das Motorrad zu und umzingeln es in ihrer Begeisterung so dicht, dass die beiden Männer kaum absteigen können. Etwas unbeholfen schiebt Nhean dabei einen kleinen Jungen zur Seite, etwas zu heftig, so dass der Kleine erschrickt und, wie zu einer Salzsäule erstarrt, laut zu plärren anfängt. Aber noch bevor seine

Mutter ihn erreicht, greift der Taxifahrer zu und hebt den Jungen auf sein Motorrad. Sofort hört das Geschrei auf, und auf dem Gesicht des Kleinen macht sich ungläubiges Staunen breit. Nhean schaut den Taxifahrer dankbar an. Dann wendet er sich an die Mutter des Jungen.

„Ich war bei Phirin", sagt er, nur um irgendetwas zu sagen. Die Frau nickt unmerklich und schaut an ihm vorbei. Ein Bild des Jammers. Kaum wagt sie zu atmen.

„Es geht ihm nicht gut. Aber Vanna ist bei ihm."

Die Frau nickt noch einmal und guckt hilfesuchend zu denen hinüber, die immer noch stumm abwarten, was geschehen wird. Keiner von ihnen ist auch nur einen Schritt näher getreten.

„Ihr braucht keine Angst zu haben!", ruft Nhean laut und versucht, ein Lächeln in sein Gesicht zu zaubern, „ich gehöre nicht zur Polizei." Und halb die Wahrheit sagend, halb um sie herum redend, stellt er sich ihnen vor. „Ich hab fürs Nationalmuseum in Phnom Penh gearbeitet, aber jetzt bin ich pensioniert."

„Und warum bist du hier?" Einer von den Männern ist ein paar Schritte vorgetreten und wagt es zu fragen.

Nhean zögert kurz, aber dann antwortet er entschlossen:

„Ich suche zwei Wachmänner, Meas und Chankrisna. Vanna hat mir von ihnen erzählt."

Der Fragesteller hält einen Augenblick inne. Dann wendet er sich ein wenig um, hebt sein Kinn in Richtung einer kleinen Gruppe von Männern und macht eine Kopfbewegung, die niemand mißverstehen kann. Zwei aus der Gruppe lösen sich und bewegen sich umständlich und verunsichert auf Nhean zu. Einer will den anderen vorschicken.

„Wer von euch ist Meas?", fragt Nhean.

Der eine, ein wandelndes Häufchen Elend, hebt so zögerlich die Hand, als müsste er sich damit selber verurteilen.

„Komm her", fordert Nhean ihn auf, „du musst keine Angst haben. Und du bist Chankrisna?" Der andere nickt mit dem Kopf. „Können wir irgendwo allein miteinander reden?"

Chankrisna, er scheint der Mutigere zu sein, winkt Meas und Nhean zu einer Hütte hinüber fast an der Stelle, wo der Weg, über den das Motorradtaxi gekommen ist, auf die Lichtung stößt. Eigenartig, sie würden alles tun, was ich sage, denkt Nhean. Obwohl sie mich gar nicht kennen!

Es ist dunkel in der Hütte; Nhean schließt und öffnet schnell hintereinander ein paar Mal die Augen, um sich daran zu gewöhnen. Meas und Chankrisna stehen wie an die Wand gemalte Silhouetten abwartend vor ihm.

„Ihr habt Mahga Puja gefeiert?", fragt Nhean endlich. Die beiden gucken sich an und schweigen. Nhean wartet. Bis sie, zuerst Chankrisna, dann Meas schuldbewusst mit dem Kopf nicken. Das Herz fällt ihnen in die Hose, denkt

Nhean. Ich muss es nutzen, so leid sie mir tun. Und ohne Umschweife hakt er nach.

„Woher hattet ihr das Geld?"

Doch unmittelbar, nachdem er diese Frage gestellt hat, erschrickt er vor sich selbst. Was tue ich? Was fällt mir ein? Welches Recht habe ich, so zu fragen? Aber nun kann er nicht mehr zurück. Und er entschuldigt sich vor sich selbst damit, dass er die beiden weder hereinlegen noch sonst irgendwie schädigen will. Die Ärmsten der Armen, stand in der DAILY! So ist es!, denkt Nhean. Und obwohl er sich immer noch nicht an die Dunkelheit gewöhnt hat, muss er die Silhouetten nicht einmal anschauen um sicher zu sein, dass sie ihm alles sagen werden, was sie wissen.

„Habt ihr keinen Dienst gehabt in der Nacht vor Mahga Puja?"

Meas schaut Chankrisna an und Chankrisna Meas.

„Eigentlich ja", antwortet Chankrisna schließlich.

„Wieso ‚eigentlich'?", fragt Nhean.

Meas hat sich halb hinter Chankrisna versteckt; er ist froh, dass der die Fragen beantwortet. Aber nach der letzten stößt Chankrisna seinen Kumpel auffordernd in die Seite. „Sag du!"

Und Meas, der nicht mehr anders kann, schluckt und sucht nach Worten.

„Da war ein Mann" ... beginnt er - und weiß schon nicht mehr so recht weiter.

„Er wollte sagen, dass da ein Mann war, der uns das Geld gegeben hat." Chankrisna redet plötzlich so, als sei ihm das Gestottere von Meas peinlich. „Und der hat gesagt, an dem kleinen Tempel, wo wir Dienst hatten, ist sowieso nichts los, und wir sollten ruhig Mahga Puja feiern. Und dann hat er uns den Umschlag gegeben und gesagt, dass wir ihn aufmachen sollen."

„Und?"

„Im Umschlag war viel Geld für Bier und Fleisch und alles. Alles in Dollar."

„Und Vishnu!", ergänzt Meas, offenbar in dem Bemühen seinem Kumpel zur Seite zu stehen.

„Vishnu?"

„Ja, auf dem Papier. Auf grauem Papier."

„Ja und?"

Nhean wird eine Spur ungeduldig. Die beiden Wachmänner zögern. Bis Chankrisna schließlich erklärt:

„Der Mann hat gesagt, dass Vishnu will, dass wir Mahga Puja feiern. Und dass er sehr böse wird und sich rächen wird, wenn wir es nicht tun."

„Und stand sonst noch etwas auf dem Papier?", fragt Nhean.

„Nein!", sagt Meas.

„Nein!", sagt auch Chankrisna. „Aber wir können auch gar nicht lesen."

Nhean überlegt. „Habt ihr das Papier noch?"

Ohne zu zögern, bückt Chankrisna sich, kramt ein Stück Papier unter einer Bastmatte hervor und händigt es Nhean aus, der es, ohne es genauer anzugucken, einfach in seine Tasche steckt.

„Vishnu bekämpft das Böse, er schützt es nicht", sagt er. „Danke für eure Auskünfte!"

Auf der Lichtung vor der Hütte stehen sie alle noch genau so wie vor 10 Minuten.

„Ach so, eines noch", sagt Nhean und dreht sich noch einmal um, bevor er auf das Motorrad steigt. „Wie hat der Mann ausgesehen, der euch den Umschlag gegeben hat?"

„Groß", sagt Meas ohne zu zögern, „stark!" Er platzt beinahe vor Stolz darüber, dass er eine so genaue Auskunft geben kann.

„Und einen Ring hat er am Mittelfinger!", erinnert sich Chankrisna. „Einen breiten Ring aus Gold. Mit einem Totenkopf!"

20

Kunthea klärt etwas

Zurück in der Stadt, lässt Nhean das Motorradtaxi am ‚Blue Pumpkin' halten. Mit seinen Gedanken ganz woanders, drückt er dem Fahrer ein paar Dollar in die Hand und betritt das Café. Noch will er nicht nach Hause. Irgendetwas ist da noch. Irgendetwas beunruhigt ihn. Quält ihn. Seit Tagen schon martert er sein Gehirn, es endlich preiszugeben, aber es lässt sich nicht darauf ein. Und obendrein hat er das Bedürfnis, den Besuch in Paleah noch einmal in Ruhe nachzuerleben.

Drinnen am Tresen bestellt er sich einen Watermelon Shake, bezahlt, setzt sich dann aber doch nach draußen auf die Terrasse, an einen Tisch nur wenige Meter von der Straße entfernt.

Ist er einer der letzten ortsansässigen Bewohner der Stadt? Von allen Seiten dringen die verschiedensten Sprachen in seine Ohren. Beinahe von jedem Tisch eine andere. Französisch und Englisch kann er erkennen, die anderen nicht. Japaner, Koreaner, Chinesen - manchmal hat er den Eindruck, dass es hier mehr Touristen als Moskitos gibt.

Und jeder gibt Unmengen von Dollars aus!

Vor einiger Zeit hat er mal etwas vom ‚Gold Rush in Siem Reap' gehört. Stimmt, hatte er gedacht, auch er könnte dutzende von Dienstleistungen aufzählen, die nur auf das Geld der Touristen aus sind. Nur wenige Meter entfernt zum Beispiel steht ein junger Mann zwischen parkenden Tuktuks am Straßenrand. Jeans, weißes T-Shirt, in der Hand eine Sonnenbrille mit neonblauem Gestell und riesigen, verspiegelten Gläsern. Scheinbar ganz unbefangen, unterhält er sich mit einem der TukTuk-fahrer, aber seine Blicke gehen woanders hin. Unentwegt streifen sie hinüber zum Blue Pumpkin. Wie ein Radar tasten sie die Eingangstür und die Tische auf der Terrasse ab, immer von neuem, alle paar Sekunden. Und sobald jemand durch die Tür nach außen tritt, kaum, dass sich jemand von einem der Tische erhebt, spannt sich sein ganzer Körper an. Und wenn sich dann herausstellt, dass jemand das Café endgültig verlassen will, schießt er auf ihn zu und preist ihm das billigste aller Tuktuks an.

„You want a Tuktuk? Only one Dollar!"

„Watermelon Shake!", sagt die Bedienung nicht gerade freundlich und knallt ein großes Glas vor Nhean auf den Tisch, rot mit einem rosa Schaumhütchen und einem ungewöhnlich dicken, gelben Strohhalm.

Nhean schreckt aus seinen Beobachtungen hoch. Hatte er nicht einen Mango-Shake bestellt?

Verärgert zieht er die Karte zu sich heran und blättert darin herum, aber von einem Mango-Shake steht da nichts. Etwas verstört klappt er sie wieder zu, nippt an seinem Shake und greift nach der abgegriffenen DAILY, die auf dem Tisch liegt. Es ist die Nummer vom letzten Sonntag. „Unbestätigter Fund brutal zerstört." Wie oft hat er den Artikel nicht schon gelesen; fast kann er ihn auswendig. Trotzdem überfliegt er ihn noch einmal. Und gleich danach, elektrisiert, ein zweites Mal. Irgendetwas steht da, das ihn stutzig macht. Aber was? Nhean rätselt und zieht, ohne es eigentlich zu wollen, in immer kürzeren Abständen am Strohhalm. Als er das Schlürfgeräusch ungebührlich in die Länge zieht und den pikierten Blick einer wohlerzogenen französischen Madame auf sich gerichtet sieht, schiebt er das Glas zur Seite, erhebt sich, greift nach der DAILY und macht sich auf den Weg in die Sok San.

„You want a Tuktuk? Only one Dollar!"

Fast beleidigt bleibt er stehen und guckt dem Fragesteller ins Gesicht. Sieht er aus wie ein Tourist? Kopfschüttelnd überquert er die Thnou Street, läuft die Alley entlang und ist ein paar Minuten später zu Hause.

„Noch eine DAILY?", begrüßt ihn seine Frau, als sie aus der Küche in den winzigen Flur tritt. „Wir haben doch schon eine."

„Aber nicht die von Sonntag", entgegnet Nhean ungehalten. Ganz anders als sonst lässt er sich nicht von dem verführerischen Duft betören, der die Wohnung bis in den kleinsten Mauerspalt füllt. Es piesackt ihn gewaltig, dass er immer noch nicht herausgefunden hat, was ihn beim erneuten Lesen so stutzig gemacht hat.

„Da steht auch nichts anderes drin als in der von heute."

„Vielleicht doch!", rutscht es ihm bockig in einem Ton heraus, der ihn selbst erschreckt.

Kunthea stellt zwei Teller auf den Tisch und wischt sich in aller Seelenruhe die Hände an ihrer Schürze ab.

„Willst du mich für dumm verkaufen?"

Sie baut sich so vor ihm auf, dass er nicht weiß, ob sie ernsthaft empört ist oder ihn gerade selbst für dumm verkauft.

Nhean unterdrückt die Antwort, die ihm auf der Zunge liegt, und die den Abend nicht vergnüglicher gemacht hätte. Stattdessen setzt er sich auf seinen Platz am Esstisch und schlägt die Zeitung erneut auf. „Unbestätigter Fund brutal zerstört", liest er halblaut vor sich hin.

„Ich weiß", sagt Kunthea, „hab ich schon am Sonntag gelesen."

„Ja!" Nhean zeigt sich ungeduldig, ja: halsstarrig. „Aber irgendetwas steht da, was ganz wichtig ist. Und das muß ich herauskriegen."

Kunthea begreift nicht. Voller Unverständnis und demonstrativ den Kopf schüttelnd, zieht sie sich in die

Küche zurück. Doch bald darauf erscheint sie von neuem, amüsiert lächelnd, im Türrahmen.

„Aber wenn es doch da steht, wieso kannst du es dann nicht herauskriegen?"

„Weil ich einfach noch nicht weiß, was es ist! Irgendetwas kommt mir seltsam vor. Aber ich weiß nicht, was."

„Dann gib mal her!"

Kunthea greift nach der Zeitung und beginnt zu lesen.

„Aus einer Tempelruine, die Mitarbeiter der Apsara Society erst vor wenigen Wochen ... ach, so neu ist das noch?" Sie murmelt den gesamten Artikel immer undeutlicher werdend vor sich hin, hält schließlich inne und sagt laut: „Extra umgewendet."

„Was heißt ,extra umgewendet?'", fragt Nhean nervös.

„Steht hier: ,extra umgewendet, so dass die Apsara nicht mehr zu sehen war'."

Ein paar Sekunden vergehen, ohne dass einer der beiden etwas von sich gibt. Aus der Küche duftet es nach gebratenem Basilikum, und von der Straße dringt gedämpftes Lachen herauf. Dann, urplötzlich, springt Nhean auf und umarmt Kunthea so heftig, dass sie aufjuchzt:

„Öhrchen, hör auf!"

Er überhört die Anspielung, die in diesem Augenblick keineswegs böse gemeint war, und wird plötzlich ganz hektisch:

„Ich hab's!"

„Was?", fragt Kunthea, nachdem sie sich aus seiner Umklammerung gelöst hat.

„Ja, wenn der Fund noch so neu ist und sie die Figur extra umgewendet haben, dann wussten doch wahrscheinlich erst ganz wenige davon. Das können theoretisch doch nur der Deutsche und seine Mitarbeiter sein. Und Channary natürlich."

Kunthea lächelt ihn an.

„Ja, aber genau das ist doch gemeint!"

Sie dreht sich um, holt den Reistopf aus der Küche, setzt ihn auf dem Esstisch ab und lächelt vielsagend, schweigt aber weiter. Genauso vielsagend.

„Wieso?", fragt Nhean verunsichert.

Da baut sich seine Frau noch einmal vor ihm auf. Und leise und voller Ironie sagt sie:

„Warum ,wieso'? Weil es jemand dahin geschrieben hat. Man muss es nur lesen, mein liebes Öhrchen!"

Nhean hat das Gefühl sich ausgesprochen dümmlich angestellt zu haben.

„Und wer hat dich darauf gestoßen, du Privatschnüffler?"

"Worauf gestoßen?"

„Auf ,extra umgewendet'?"

Sie hat recht, denkt Nhean verblüfft und sagt so nebenbei wie möglich: „Gibt's eigentlich gar nichts zu essen?"

21

Ein Zettel

In der Nacht um 3 Uhr ist es am stillsten im Provincial Hospital von Siem Reap. Das Gebäude liegt in tiefem Frieden. Die letzten Besucher sind schon vor Stunden gegangen; in den Fluren und Krankenzimmern brennt nur noch eine Notbeleuchtung. Wer bisher nicht einschlafen konnte, hat es endlich doch geschafft. Selbst die beiden Pfleger, die heute Nacht Dienst haben, schlummern zufrieden vor sich hin: Die Köpfe auf den Tisch in der winzigen Teeküche gesunken, dicht neben etlichen Styropurschälchen mit Reis, mit Fisch- und Gemüseresten.

Auch der letzte Tuktukfahrer vor dem Haupteingang hat die Hoffnung auf Fahrgäste längst aufgegeben. Wer nicht sehr genau hinschaut, würde ihn nicht wahrnehmen auf der Rückbank seines Gefährts, die Beine eng an den Bauch gezogen und die herrliche, fast abgasfreie Nachtluft in seinem weit geöffneten Mund. Unter dem abgewetzten Sarong, den er geöffnet und bis zum Hals emporgezogen hat, ist er kaum auszumachen.

Da nähert sich eine Gestalt. Vorsichtig, sich immer

wieder umsehend, überquert sie, aus der Street 07 kommend, die Thnou Street und schlendert auf das Haupttor zu. Dort bleibt sie eine ganze Weile stehen und späht aufmerksam durch das geöffnete Tor. Dreht sich dann plötzlich um und winkt in die Richtung, aus der sie gekommen ist. Eine zweite Gestalt huscht herbei. Und gemeinsam verschwinden sie, nachdem sie beide quer über den Platz vor dem Hauptgebäude gelaufen sind, im Krankenhaus.

„Wie das stinkt!", sagt die zweite Gestalt.

„Ruhe!", flüstert die erste, „sei froh, dass du nicht auch hier liegst."

Sie kennt sich offenbar aus in den Fluren und Sälen. Zielsicher durchquert sie die Räume, gefolgt von der zweiten. Dann bleibt sie plötzlich stehen. Zeigt auf eines der Betten.

„Das da hinten, das ist er!"

„Okay!"

Kurz darauf ist ein unterdrückter Aufschrei zu hören und unmittelbar daran anschließend mehrere dumpfe, schnell aufeinander folgende Schläge. Fluchen. Hastige Fußtritte. Und eine halbe Minute später überqueren zwei Gestalten Hals über Kopf die Thnou Street, verschwinden im Dunkel der 07.

„Du blutest!", sagt die eine.

Die andere hält ihre kräftig blutende Hand in den Lichtschein einer Leuchtreklame. „Wer denkt denn an sowas?

Das Schwein hat ein Messer im Bett!"

***

Nhean schläft unruhig; er wacht immer wieder auf. Mitten in der Nacht steigt er aus dem Bett, trinkt in der Küche ein Glas Wasser und stellt sich ans Fenster zur Sok San. Wie jedes Mal verbeugt er sich innerlich auch diesmal vor dem Erfinder des Fliegendrahtes. Wie viele Moskitostiche ihm das schon erspart hat!

„Das blutet wie sonst was!", hört er plötzlich ganz deutlich eine Stimme von der Straße. Neugierig drängt Nhean sein Gesicht so dicht wie möglich an das Drahtgeflecht. Und kriegt gerade noch mit, dass unten auf der Straße zwei Männer im Eilschritt vorüberlaufen. Hastig öffnet er den Fensterrahmen und beugt sich hinaus. Aber zu spät: die beiden sind nicht mehr zu erkennen; sie sind wie vom Erdboden verschluckt. Nhean schüttelt den Kopf und schließt das Fenster.

„Morgen geh ich ins Kleine Phnom Penh", sagt er leise, als er sich zurück ins Bett legt und bemerkt, dass auch seine Frau wach liegt. „Morgen?", sagt sie, „morgen ist schon heute!"

***

Als Nhean die Villa am Sivatha Boulevard betritt, ist es beinahe kühl in der Empfangshalle. Die Ventilatoren stehen noch still. Der Hausmeister döst in seinem Kabuff; außer ihm scheint noch niemand hier zu sein.

Nhean schaut auf die Uhr: Punkt acht. Das ist seine Zeit! Er muss lächeln, als ihm bewusst wird, wie sehr er sich an diese Zeit gewöhnt hat. Und dass sie ihm selbst als Rentner noch in den Knochen steckt! Liegt es an ihm, an seiner Liebe zur Genauigkeit? Niemand außer ihm war jemals auch nur einen Tag pünktlich im Büro; immer war er der erste. Immer um Punkt acht! Wie lange dauert es wohl, sich davon freizumachen? Ist er vielleicht doch ein Spießer?

Er steigt die Treppe empor und betritt sein ehemaliges Büro. Hier ist es noch kühler als unten im Empfang, der auf der Ostseite des Gebäudes liegt; erst am frühen Nachmittag spürt man auch hier auf der Westseite die Kraft der Sonne, obwohl sie von dem mächtigen Baum vor der Villa gefiltert wird. Der Brief, den er vor ein paar Tagen begonnen hatte zu lesen, liegt noch genau so auf dem Schreibtisch, wie er ihn hinterlassen hat.

Nhean öffnet die Tür zum Balkon und tritt hinaus.

Warum ist er eigentlich hierher gekommen? Weil er hofft, auf irgendeine Weise Neues vom Raub der Himmlischen Tänzerin zu erfahren?

Da nähert sich Sophy, Channarys Sekretärin. Genau gegenüber von seinem Balkon, auf der anderen Seite der Straße, verschwindet sie in einem Laden und kommt kurz darauf mit einer großen Flasche Wasser wieder heraus. Überquert die Straße und verschwindet auf der Rückseite der Villa. Eine halbe Minute danach hört er sie die Treppe heraufkommen und die Tür zu ihrem Büro öffnen. Weil es ihm unangenehm ist, dass er sich unbemerkt von Sophy in seinem Zimmer aufhält, geht er den langen Flur hinunter bis zu ihrem Büro und begrüßt sie.

„Nhean, Sie sind ja schon wieder hier! Wollen Sie etwa doch wieder anfangen?"

Nhean lacht über den nicht ganz neuen Witz. Was soll er auch sagen? Es würde ihm schwerfallen zuzugeben, dass er auf irgendetwas wartet, das er nicht benennen kann.

„Soll ich auch für Sie einen Kaffee machen? Channary kommt gleich, er hat sich schon einen bestellt!"

Nhean nickt erfreut. „Vielen Dank!"

„Setzen Sie sich doch. Solange der Chef noch nicht da ist, können wir ein bisschen plaudern."

Nhean lässt sich in einem der etwas ältlichen Korbsessel nieder und beobachtet Sophy.

„Ist die Maschine neu?", fragt er, eigentlich nur um

etwas zu sagen.

„Nicht so richtig. Channary hat sie von zu Hause mitge-bracht, als unsere kaputtgegangen ist." Nach einem kurzen Zögern dreht sie sich abrupt um und schaut Nhean direkt an. „Und wissen Sie was?" Nhean schüttelt verneinend den Kopf. „Als dann die neue Kaffeemaschine geliefert wurde, die wir bestellt hatten, hat er sie einfach mit nach Hause genommen. Noch im Karton." Sophy scheint ernstlich empört zu sein.

Im selben Augenblick wird die Tür von außen aufge-rissen. Channary! „Aha! Hoher Besuch!", sagt er ein wenig von oben herab, als er Nhean entdeckt, der sofort aus seinem Sessel aufgesprungen ist. Ohne ein weiteres Wort stürmt er an ihm vorbei in sein Büro. Kommt aber nur wenige Sekunden später wieder heraus.

„Nein, ganz ehrlich, mein lieber Nhean, es ist doch schön, dass Sie uns beehren. Hab' ich Ihnen ja auch selber gesagt. Seit Sie weg sind, geht hier alles etwas drunter und drüber. Wenn ich Sophy nicht hätte!" Er schielt zu ihr hinüber, doch Sophy scheint seine Bemerkung überhört zu haben.

„Wisst ihr schon das Neueste?"

Nhean staunt darüber, wie souverän Sophy mit ihrem Chef umgeht. Das ist neu. Auf seine Frage hin lächelt sie ihn zwar an, aber die Frage selbst ignoriert sie voll-kommen. „Kaffee?", fragt sie stattdessen zurück und schenkt den beiden Männern ein. Channary trinkt einen Schluck und zündet sich eine Zigarette an.

„Heute Nacht hat das arme Schwein Besuch gekommen."

Sophy scheint das nicht besonders zu interessieren. Umso mehr aber Nhean, der sich noch nicht wieder hingesetzt hat. Ohne Genaueres gehört zu haben, ist ihm sofort klar, dass Channarys kryptische Bemerkung nichts Gutes bedeuten kann.

„Sie haben ihn zusammengeschlagen."

„Wen?", fragt Sophy. Auf einmal ist auch ihr Interesse geweckt.

„Den Dieb im Provincial. Das heißt, sie wollten es. Aber solche Typen sind ja mit allen Wassern gewaschen. Er hat ein Messer unter der Decke gehabt. Damit hat er sie abgewehrt. Überall Blut. Wie im Schlachthof."

Channary schüttelt demonstrativ den Kopf, drückt sein ganzes Unverständnis aus. Dann wendet er sich direkt an Sophy.

„Gibt es was Neues?"

„Nur das hier. Ich hab's aufgeschrieben", antwortet sie und reicht ihm einen Zettel.

Nhean, der sich gerade, den Kaffeebecher in der Hand, aus dem Büro herausstehlen will, sieht nur ganz nebenbei, was Sophy ihrem Chef in die Hand drückt. Sofort erstarrt er. Wendet sich um. Will noch einmal genauer betrachten, was er nur flüchtig wahrgenommen hat. Doch Channary verschwindet bereits mit dem Papier in seinem Büro und schließt die Tür hinter sich.

Für einen Moment verschlägt es Nhean die Sprache. Aber nach einer langen Schrecksekunde bleibt ihm nichts anderes übrig, als sich für den Kaffee zu bedanken und in sein ehemaliges Zimmer zurückzugehen.

Kaum hat er die Tür hinter sich geschlossen, bleibt er wie vom Donner gerührt stehen und kratzt sich die Stirn. Der Zettel! Der Zettel, den Sophy Channary gegeben hat. Er muss ihn unbedingt noch einmal sehen! Aber wie? Er kann doch nicht einfach zu Channary gehen und sagen, dass er ... nein, unmöglich!

Aufgestört, voller Unruhe setzt Nhean sich an den Schreibtisch und schiebt planlos die Papiere hin und her, die da herumliegen. Dann fällt ihm auf, dass er immer noch den Kaffeebecher in der Hand hat. Er setzt ihn auf dem Tisch ab, nimmt ihn aber sogleich wieder auf und will einen Schluck trinken.

Doch im selben Augenblick hört er hastige Schritte auf dem Flur. Channary und Sophy! Sie steigen die Treppe hinunter. Nhean hört ihnen angestrengt hinterher; sie scheinen die Villa verlassen zu wollen.

Soll er?

Kurz entschlossen huscht er den Flur entlang zu den Büros der beiden, betritt zuerst das Zimmer von Sophy, dann das von Channary. Der Zettel! Auf dem Schreibtisch liegt er nicht. Wahrscheinlich hat er ihn eingesteckt. Doch, da liegt er, neben dem Telefon! Als er zugreifen und ihn näher betrachten will, hört er plötzlich lautes Lachen von unten, vom Empfang. Channary und Sophy! Beinahe panisch rennt Nhean den langen Flur hinunter zurück in sein Büro und schließt hastig die Tür hinter sich. Sein Atem überschlägt sich. Doch die beiden, die die Treppe schon wieder heraufkommen, scheinen ihn nicht bemerkt zu haben. Plaudernd und lachend verschwinden sie wieder in ihren Zimmern.

Und Nhean? Steht in seinem alten Büro, auf den Schreibtisch gestützt und versucht einen klaren Gedanken zu fassen. Es dauert lange, bis seine Atemzüge regelmäßiger, gleichmäßiger werden. Aber das Laufen auf dem steinernen Boden, seine schnellen Fußtritte hämmern immer noch tief in seinen Ohren. Erst, als er einigermaßen sicher ist, dass niemand sein Eindringen in Channarys Büro beobachtet hat, beruhigt er sich wieder. Und ärgert sich darüber, dass er nicht die Zeit hatte zu lesen, was auf dem Zettel steht. Doch eines hat er immerhin gesehen: der Zettel ist aus dem gleichen grauen Papier wie der Zettel, den er von Chankrisna mitbekommen hat. Da ist er sich sicher. Dazu muss er gar nicht erst in seine Tasche gucken.

22

Weicher Sand

Der richtige Weg ist nicht leicht zu finden; es gibt dutzende, die infrage kommen. Die meisten davon ganz in der Nähe des Waldes, den Nhean erwähnt hat. Einer sieht aus wie der andere, und sie alle schlängeln sich weg von der Straße und verlieren sich irgendwo in dichtem Gestrüpp oder hinter sanften Bodenerhebungen. Auch von einer Hütte hatte Nhean gesprochen, erinnert sich Kunthea. Doch mehr weiß sie nicht. Hätte sie genauer nachgefragt, wäre er mißtrauisch geworden. Um ihn nicht auf ihren Plan aufmerksam zu machen, war ihr nichts anderes übrig geblieben als einfach loszufahren, auf gut Glück und in der Hoffnung, das Dorf irgendwie zu finden.

Während sie einen Weg nach dem anderen ausprobieren und unverrichteter Dinge immer wieder kehrtmachen und zur Koreanischen Straße zurückfahren müssen, gerät Kunthea allmählich ins Schwitzen. Daran ist nicht allein die Hitze schuld. Nervös schaut sie auf die Uhr: kann sie es überhaupt schaffen? Noch früher hätte sie beim besten Willen nicht aufbrechen können; sie musste doch warten, bis Nhean aus dem Haus gegangen war. Und Vanna? Das ist ja die entscheidende Frage: Ist sie überhaupt da? Sie hat sie ja noch nie gesehen. Wahrscheinlich wäre es klüger gewesen, zunächst einmal im Provincial nachzuforschen. Und zu allem Überfluss wird jetzt auch noch der Fahrer des Motorradtaxis ungeduldig und verlangt zwei Dollar mehr als vereinbart. Kunthea taxiert ihn mißmutig, muss aber schließlich einwilligen. Sie hat ja keine Wahl.

Die Zuversicht, die ihr noch vor einer Stunde so viel Energie eingeflößt hat, ist längst verschwunden. Zweifel beginnen sie zu quälen. Was hat sie sich nur gedacht bei ihrem Vorhaben?

Nhean hätte sie sicherlich zurückgehalten, wenn er davon erfahren hätte; sie wollte ihm aber auf keinen Fall etwas erzählen von ihrem Unterfangen. Dass es vielleicht sogar gefährlich werden könnte, das kommt ihr erst jetzt in den Sinn.

Wie durch ein Wunder finden sie schließlich doch den richtigen Weg. Nach einer mühsamen, strapaziösen Fahrt durch Sandlöcher und über hunderttausend Wurzeln stoßen sie endlich auf eine Lichtung mit einer einzelnen Hütte. Und neben ihr führt ein Pfad direkt ins Unterholz. Kunthea ist sich sofort sicher: das muss der nach Paleah sein. Als das Motorrad die Hütte passiert, tritt im selben Augenblick ein großer, kräftiger Mann mit wuscheligen Haaren heraus. Kunthea dreht sich um und sieht noch, wie er vor der Hütte stehenbleibt und ihnen hinterherschaut, bis sie endgültig aus seinem Blick verschwunden sind.

Obwohl sie jetzt überzeugt ist, auf dem richtigen Weg zu sein, spürt Kunthea keinerlei Erleichterung. Stattdessen empfindet sie Mutlosigkeit, Verzagtheit. Wenn Vanna nicht da ist, wäre alles umsonst gewesen. Und selbst, wenn sie diese Frau findet: wer sagt denn, dass sie Kunthea Glauben schenkt? Dass sie ihr vertraut?

Dann öffnet sich der Wald, und das Motorrad knattert ins Dorf. Im Nu ist es umstellt von vier, fünf argwöhnisch blickenden Männern. Fast alle haben Stöcke oder Bambusstangen in der Hand. Eine deutlich zur Schau getragene Drohung. Der Fahrer erschrickt und dreht sich ängstlich um zu Kunthea, doch die hat ihren Mut auf einmal zurückgefunden. Jetzt kann sie nur noch nach vorn! Sie steigt ab und fragt nach dem Namen des Dorfes.

„Paleah", hört sie gleichzeitig aus vielen Mündern.

„Ist Vanna da?"

„Vanna!", ruft einer von den Männern in Richtung der Hütten. Und sie kommt! Eine Frau, der die Sorgen schmerzhaft ins Gesicht geschrieben sind; das erkennt Kunthea schon von weitem. Eine, die mit neuem Kummer zu rechnen scheint, so, wie sie die unerwarteten Besucher anblickt. Trotzdem geht sie mutig und zielstrebig auf Kunthea zu. Und als sie so nah ist, dass sie ihr in die Augen sehen kann, spürt Kunthea plötzlich eine untrügliche, neue Zuversicht.

Eine Minute später sind die beiden Frauen in Vannas Hütte verschwunden. Zwei so verschiedene Frauen, die bei einer zufälligen Begegnung niemals miteinander gesprochen hätten. Doch allein der Name ‚Nhean', den Kunthea neben ihrem eigenen genannt hat, hat für Zutrauen gesorgt.

„Tee?", fragt Vanna. Kunthea nickt. Und während Vanna Wasser aus einem zerbeulten Kanister in einen kleinen Topf füllt und den auf die Feuerstelle setzt, dann ein paar ungewöhnlich große Teeblätter in eine Kanne füllt, schaut Kunthea sich in der Hütte um. Sie braucht eine Weile, bis sie sich an das Halbdunkel gewöhnt hat. Dann muss sie feststellen, dass nicht viel zu sehen ist. Zwei Schlafmatten aus Bast, ein Haufen Kleidungsstücke in einer Plastikschüssel, eine Feuerstelle und ein paar Töpfe, eine Pfanne, wenig Geschirr und noch weniger Besteck.

„Warum kommst du?", fragt Vanna und gießt den Tee auf.

Kunthea ist überrascht, dass diese Frage so schnell und so direkt kommt. Sie nimmt ihren Mut zusammen und legt eine Hand auf Vannas Arm.

„Du musst mir helfen!"

Vanna gießt Tee in einen Becher und reicht ihn Kunthea.

„Ich? Dir?"

„Ja! Du musst mir sagen, wo Phirin die Figur versteckt

hat, er hat es dir doch sicher erzählt." Sie schaut Vanna in die Augen. „Wir müssen sie holen!"

Vanna erschrickt nicht, wie Kunthea es erwartet hatte. Sie schüttelt nicht den Kopf, und sie sagt nicht nein. Aber sie zögert.

„Ich hab es schon versucht, aber umsonst."

„Dann lass es uns noch einmal gemeinsam versuchen. Wenn wir sie finden und in Sicherheit bringen, ist es nur gut für Phirin."

Kunthea schluckt. Warum hat sie das behauptet? Warum sollte es gut sein für Phirin? Doch Vanna fragt nicht nach. Sie nimmt einen Schluck Tee. Denkt. Schaut Kunthea an. Und dann beginnt sie langsam das Wenige zu erzählen, das sie von ihrem Mann gehört hat. Sie spricht von einem ausgetrockneten Bach, von einem Graben vor der Straße der Koreaner, von einem Ochsenkarren.

„Phirin hat gesagt, dass es nicht weit von der Straße sein kann. Und dass er die Stelle mit Blättern und Zweigen zugedeckt hat."

Vanna schaut zu Boden, wischt mit einer Hand irgendetwas beiseite.

„Mehr kann ich dir nicht sagen."

Kunthea nickt mit dem Kopf, obwohl sie nicht unbedingt zufrieden ist mit der spärlichen Auskunft.

„Kannst du dir denn vorstellen, wo ungefähr das ist?"

Vanna zögert. Kunthea lässt ihr Zeit.

„Ich bin mir nicht sicher."

„Können wir es versuchen?"

Vanna guckt Kunthea an. Guckt aber wie durch sie hindurch. Und nickt schließlich, zugleich Zweifel ausdrückend, mit dem Kopf.

„Dann los! Hast du eine Schaufel?"

Vanna schüttelt den Kopf.

„Nein."

„Macht nichts. Wir suchen uns unterwegs etwas."

Der Motorradfahrer, der sich, mit dem Rücken an einen Baum gelehnt, in den Schatten gesetzt hat, ist eingeschlafen. Als er plötzlich die Frauen sprechen hört, schreckt er auf, guckt überrascht. Kunthea, die das bemerkt, ruft ihm „höchstens zwei Stunden" zu, und als er etwas von einem höheren Fahrpreis zurückruft, sind die beiden Frauen längst verschwunden.

Vanna wählt einen winzig schmalen Pfad, der unmittelbar neben ihrer Hütte, kaum erkennbar, im Unterholz verschwindet. Kunthea folgt ihr. Wortlos huschen sie hintereinander her. Kunthea fällt es nicht leicht, Vanna zu folgen und allen Ästen und Lianen auszuweichen; sie ist es nicht mehr gewohnt, sich einen Weg durch Wald und Unterholz zu suchen. Und schon nach wenigen Minuten und vielen Richtungswechseln gesteht sie sich ein, dass sie niemals allein zurückfinden würde. Aber sie fühlt sich sicher in der Begleitung der Frau, die sie erst vor einer halben Stunde kennengelernt hat.

Plötzlich bleibt Vanna stehen, dreht sich um, geht zwei, drei Schritte zurück und hebt einen kurzen, aber starken Ast auf. Stößt ihn mehrmals heftig in den Erdboden, ohne dass er dabei zerbricht.

„Weiter", sagt sie zufrieden und nickt Kunthea aufmunternd zu.

Kurz darauf erreichen sie das westliche Ende des Wäldchens und treten hinaus auf eine nur dicht am Boden bewachsene Fläche. In einiger Entfernung fährt ein Auto. Die Koreanische Straße! Vanna orientiert sich kurz und folgt ihr dann in größerem Abstand. Sie bewegt sich jetzt zielsicher. Kurz vor einem zusammengebrochenen Ochsenkarren entfernt sie sich wieder von der Straße und bleibt plötzlich stehen.

„Hier irgendwo", sagt sie und schaut sich um. „Hier irgendwo muss es sein."

Auch Kunthea schaut sich prüfend um. Aber sie kann nichts Auffälliges entdecken. Grasbüschel, Dornen, Schlinggewächse, ein paar Steine. Sonst nichts.

Vanna zeigt auf den Boden vor ihren Füssen; Kunthea schaut sie an, begreift nicht.

„Der Bach!", sagt Vanna. Sie zieht mit dem Zeigefinger ihrer rechten Hand eine Linie in die Luft. Weg von ihren Füßen in die Ferne. Kunthea schaut noch einmal genauer hin. Und auf einmal erkennt sie mit Mühe die sandige

Rinne mit den Spuren darin, die von fließendem Wasser gezeichnet sein könnten. Ein paar kleinere Steine. Und rechts und links vertrocknete Bodendecker.

„Komm!"

Vanna setzt sich wieder in Bewegung und folgt langsam, Schritt für Schritt, dem Verlauf des Baches in Richtung Koreanische Straße. Immer wieder stochert sie dabei mit dem Ast im Sand herum. Aber der Boden ist überall knochenhart. Nichts deutet darauf hin, dass kürzlich irgendwo etwas vergraben worden sein könnte.

„Wasser?", fragt sie irgendwann, „hast du Wasser?" Nein, auch Kunthea hat kein Wasser bei sich.

Kurz bevor der Bachlauf die Koreanische Straße erreicht, macht Vanna kehrt und geht schnell und entschlossen den Weg zurück bis zu der Stelle, wo sie auf den Bach gestoßen sind. Und dann, wieder langsamer, weiter in die entgegengesetzte Richtung. Kunthea folgt ihr schweigend. Und immer skeptischer. Hat sie sich auf etwas eingelassen, das keinerlei Erfolg verspricht?

Vanna setzt zu einem kleinen Sprung an und überwindet eine Ansammlung von Ästen und Blättern, die in dem Bachbett liegen. Kunthea will dasselbe tun. Doch dann zögert sie, ohne eigentlich zu wissen, warum. Unschlüssig schiebt sie ein paar der Äste mit dem Fuß zur Seite. Der Boden darunter ist weich!

Vanna, die bemerkt hat, dass Kunthea ihr nicht mehr

folgt, kommt sofort zurück und begreift. Hilft aufgeregt, den Rest der Äste und Blätter - es sind nicht viele - zur Seite zu schieben und stochert mit dem Ast im Boden herum. Und es dauert nicht lange, bis sie auf harten Widerstand stößt. Sie kniet sich auf den Boden und schiebt den Sand mit beiden Armen zur Seite. Innerhalb kurzer Zeit hat sie die Apsara-Figur freigelegt, nimmt sie auf und wischt die Sandreste vom Stein.

Ohne ein Wort starren die beiden Frauen auf die kleine Figur, die Vanna in der Hand hält. Betrachten sie mit Staunen und Ehrfurcht.

„Du hast sie gefunden!", sagt Vanna.

„Ja, aber ohne dich wäre ich nicht hierher gekommen!"

23

Dünne Wände

Vom Sivatha Boulevard abbiegend, verläuft der National Highway 6 beinahe schnurgerade nach Osten bis zur Hauptstadt Phnom Penh. Er ist eine der wichtigen Lebensadern des Landes. Busse und LKWs schieben sich hier Tag für Tag in schier endloser Kette entlang. Und wie überall auf den Straßen des Landes gilt das Gesetz des Stärkeren; die Schwächeren müssen warten oder ausweichen, oft genug auf die sandigen, unsicheren Seitenränder.

Doch an diesem Abend ist es relativ still auf den ersten Kilometern dieser Straße, am Ortsausgang von Siem Reap. Ein Tag, der nicht zu heiß war, geht zu Ende. Die Luft ist angenehm; Nhean und Kunthea genießen es, mit dem Tuktuk unterwegs zu sein. Und wenn sie sich ein wenig nach rechts oder links hinausbeugen, können sie einen faszinierenden Sternenhimmel betrachten.

Nach wenigen Kilometern reißt der Fahrer die Steuergabel nach links und biegt, in rasanter Fahrt eine gewagte Kurve beschreibend, von der Straße ab. Er schießt über einen riesigen, betonierten Parkplatz, schlängelt sich geschickt zwischen Autos, Motorrädern, zahllosen Gästen und Schlaglöchern hindurch und hält dann direkt auf den Haupteingang eines Restaurants zu. Es ist ein riesiger Flachbau, von unzähligen Leuchtgirlanden geschmückt. Überall blinken und blenden grellbunte Lichter. Erst unmittelbar vor dem Haupteingang tritt der Fahrer auf die Bremse. Und obwohl Nhean und Kunthea damit gerechnet haben und Halt gesucht hatten, rutschen sie auf der Rückbank weit nach vorne.

Kopfschüttelnd gucken sie sich an: beide mögen es nicht, wenn die Tuktuks durch die Gegend jagen wie aufgestöberte Kakerlaken. Dann steigen sie, die Köpfe tief zwischen die Schultern gezogen, aus. Nhean klemmt sich etwas trotzig einen großen, in silbernes Papier gewickelten Karton unter den Arm: das Hochzeitsgeschenk. Kunthea wollte sich nicht davon abbringen lassen, obwohl von allen Gästen selbstverständlich und zuallererst eine großzügige Beteiligung an den sehr hohen Kosten des Festes erwartet wird. Dann schreiten sie - Kunthea rafft dabei ihren dunkelblauen, seidenen Sarong gekonnt mit der Rechten - die Stufen zum Eingang empor und reihen sich in die Schlange der langsam und geduldig vorrückenden Gäste ein.

Obwohl die Nacht längst begonnen hat, ist es nahezu taghell. Der Eingang zum Restaurant erstrahlt unter dutzenden von Scheinwerfern, ihr gleißendes Licht reflektiert von unzähligen goldenen Glöckchen. Kaum hörbar in all dem Durcheinander, bringen sie unbeirrt einen zarten, unentwegt fließenden Klang hervor.

Überall sind gelbe und orangefarbene Tücher aufgespannt, auch in ihren Falten tanzt das Licht. Und rechts und links des Weges, der zum Eingang führt, haben sich festlich gekleidete junge Frauen aufgereiht. Ihre einzige Aufgabe ist es, die schier unentwegt nachrückenden Gäste mit endlosem Lächeln willkommen zu heißen. Einige halten Bastkörbe in der Hand und verteilen kleine Geschenke an alle, die den Festsaal betreten: Figürchen aus Bronze, bunte Fähnchen, Glücksbringer. Oder zarte Bänder, die sie ihnen am Handgelenk befestigen.

„Dein Lippenstift", sagt Nhean.

„Was ist damit?"

„Er schmiert ein bisschen. Ist er neu?"

„Nein." Kunthea scheint unsicher. „Es musste nur so schnell gehen. Ich geh gleich auf die Toilette und bring das in Ordnung."

Nhean stutzt. „Was musste schnell gehen? Du warst doch den ganzen Tag zu Hause!"

Kunthea ist froh, dass im selben Augenblick dröhnende Musik aus dem Inneren des Gebäudes dringt, so laut, als habe das Fest urplötzlich seinen Höhepunkt erreicht. Traditionelle Klänge, grob verunstaltet durch heillos überforderte Lautsprecher. Das stört jedoch niemanden. Im

Gegenteil: alle, die noch draußen sind, aber dem Eingang schon nahe, drängen plötzlich ungeduldig nach vorn; sie können es kaum erwarten, in den Festsaal zu gelangen.

Drinnen haben bereits Hunderte ihre Plätze gefunden. Sie sitzen, jeweils zu acht oder zehnt, an runden Tischen und sorgen mit ihrem Stimmendurcheinander für ein stetig auf- und abschwellendes Tosen, das dem jetzt schrillen Gequäke aus den Lautsprechern fast ebenbürtig ist. Andere, insbesondere junge Männer, stehen an den Wänden des riesigen Saales und prosten sich unentwegt zu, die Böden ihrer Bierflaschen laut gegeneinander stoßend. Und überall dazwischen wieseln junge Bedienstete in blauen Sarongs und roten Blusen hin und her und sorgen für endlosen Nachschub an Getränken. Andere servieren bereits den ersten Gang des Menüs, eine Haifischflossensuppe.

Nachdem Nhean und Kunthea ihr Geschenk auf einem Tisch mitten im Saal abgelegt haben, werden sie zu ihren Plätzen am Rand des Festsaales geleitet. Kunthea greift sofort zu der Übersicht über das Menü. Acht Gänge werden angekündigt; Kunthea ist zufrieden.

„Nein!", entschlüpft es Nhean. Er reckt sich ein wenig und starrt zur Bühne hin.

„Was? Nein!", will Kunthea wissen.

„Ist schon gut!", sagt Nhean.

Kunthea gibt sich zufrieden und beugt sich zu ihrer

Tischnachbarin hinüber, die ein giftgrünes Softgetränk in der Hand hält und an einem Strohhalm saugt. Nhean weiß: das wird ein längeres Gespräch. Höflich wechselt er ein paar Worte mit seinem eigenen Tischnachbarn und benutzt dann die erste, beste Gelegenheit, um sich unauffällig zu erheben und zwischen den Tischen hindurch Richtung Bühne zu schlendern. Fast kommt er zu Fall, als er auf eine leere Bierflasche tritt. Er bückt sich, nimmt sie in die Hand und befördert sie unter den nächsten Tisch, wo bereits etliche ihresgleichen liegen. Eine Angewohnheit, für die Nhean sich nie erwärmen konnte! Aber er scheint der einzige zu sein, der damit Schwierigkeiten hat, und er hat sich daran gewöhnen müssen: leere Flaschen und Tischabfälle gehören unter den Tisch, auch wenn die Flaschen, je mehr es werden, immer öfter durchdringend klirrend aneinander stoßen und immer wieder unter dem Tisch hervorkullern.

Hat er sich getäuscht?

Nhean guckt sich die Augen aus dem Kopf, doch er entdeckt nicht, was er glaubt bemerkt zu haben. Und weil er dabei immer wieder von eiligen Bediensteten angerempelt und mit nicht gerade freundlichen Kommentaren bedacht wird, macht er sich auf den Rückweg zu seinem Tisch. Bis er hinter sich plötzlich die Stimme hört, die er so gut kennt.

„Wollen Sie denn nicht ein schönes, kühles Heineken

trinken?"

Also doch! Es war keine Täuschung. Er ist hier!

„Freut mich sehr, dass Sie neulich wieder bei uns waren. Kann doch nicht so schlecht gewesen sein all die Jahre im Kleinen Phnom Penh, oder?" Channary lacht. Und Nhean nickt verlegen, er fühlt sich überrumpelt.

„Übrigens: dem Dieb geht es verdammt abscheulich. Aber er hat seine Strafe verdient."

„Welchem Dieb?"

Channary guckt Nhean überrascht an.

„Na, davon haben Sie doch bestimmt gehört, als Sie bei uns waren: Der Kerl, der die Apsara gestohlen hat. Haben Sie die DAILY nicht gelesen? Hab ich doch alles erklärt!"

Nhean nickt noch einmal. Und fasst einen Plan.

„Ja, hab ich gelesen. Aber woher wussten Sie eigentlich von dem Fund?"

„Welchem Fund?"

Langsam!, sagt sich Nhean. Schön langsam! Und dann holt er weiter aus.

„Entschuldigen Sie, woher sollen Sie auch wissen, was ich meine, vollkommen richtig! Also ich hab mich gefragt, woher Sie eigentlich von der kleinen Apsara wussten? Ich meine, dass sie überhaupt entdeckt worden war?"

Channary schein etwas irritiert.

„Und wieviel so eine Figur wert ist? Ich glaube, 100.000 Dollar haben Sie der DAILY gesagt, oder?"

„Stimmt!", sagt Channary. So kurz seine Antwort ist, so deutlich ist eine ungewohnte Unsicherheit herauszuhören. Was will dieser Nhean? Dieser kleine Angestellte, der jahrein, jahraus in seinem Büro gesessen und von der Welt draußen nichts kennengelernt hat. Erst ganz allmählich findet Channary zurück zu der Rolle, die er zu spielen hat.

„Gegenfrage: was geht Sie das alles überhaupt an? Wenn ich mich nicht irre, sind Sie seit einiger Zeit pensioniert und haben Besseres zu tun." Und er beugt sich etwas vor, bis kurz vor Nheans Gesicht. „Oder sind Sie neuerdings bei der Polizei?"

Nhean erschrickt. Mit dieser so unverhohlenen Angriffslust hat er nicht gerechnet. Und er versucht, ein einigermaßen unbefangenes Lachen hinzukriegen.

„Nein, nein, was soll ich denn da?"

Channary zieht sich wieder zurück.

„Natürlich, Sie haben recht. Das geht Sie gar nichts an."

Aber das scheint noch nicht alles zu sein. Noch einmal beugt er sich Nhean entgegen.

„Sie kennen das Kleine Phnom Penh doch ganz genau. Wieviele Jahre haben Sie dort gearbeitet?"

Nhean weiß nicht, worauf Channary hinaus will.

„Auf jeden Fall lang genug, glaube ich. Und Sie sollten wissen, dass es da nichts herumzuschnüffeln gibt. Und Sie können sich darauf verlassen: die Wände sind sehr dünn dort, dünner als sie aussehen, und sie verraten manches Geheimnis."

Als er zufrieden bemerkt, dass Nhean ein wenig zusammengezuckt ist, klopft er ihm auf die Schulter.

„Aber ich kenne Sie ja. Und Sie mich. Wir wissen, was wir voneinander zu halten haben. Und jetzt genießen Sie die Hochzeit und trinken Sie ein Angkor Bier!"

Channary wendet sich ab und geht. Doch nach drei Schritten dreht er sich noch einmal um:

„Oder ein Heineken. Und lesen Sie die Daily! Da steht alles drin."

24

Das Objekt ist verschwunden

„Habt Ihr sie endlich?"

Zusammengeschnurrt wie von eiskaltem Wasser übergossen, das linke Bein über das rechte geklemmt, kauert Prungnie auf seinem Hocker und krampft die Hand um den Telefonhörer. Während er zuhört, fingert er sich eine Zigarette aus der Packung, obwohl eine andere, kaum begonnene, im Aschenbecher vor sich hin glüht. Er zündet sie an - 5mal muss er mit dem Feuerzeug schnippen! -, erhebt sich, geht langsam zum Fenster und starrt auf den Fluss.

„Aber ihr wißt doch, wo sie ist?"

Ein riesiger Lastkahn schiebt sich 100 m vor ihm den Chao Phraya hinab. Er hat Holz geladen. Schwere Teak-Stämme, vermutlich aus dem Grenzgebiet zu Myanmar. Prungnie schaut dem Schiffsleib, der tief im Wasser liegt, hinterher; es wird nur wenige Augenblicke dauern, bis die Wellen die Wasserseite des Hauses erreicht haben.

„Waaaas? Wer hat das gemacht?"

Die Empörung, die ihn jetzt förmlich schüttelt und

sich unüberhörbar in seiner Stimme ausdrückt, treibt ihn durch den ganzen Raum. Vom Fenster zur Tür, von der Tür zum Fenster.

„Wie bitte? Ich soll soll das gesagt haben? Was soll ich gesagt haben?"

Unregelmäßig klatschen die Wellen gegen die Hauswand, eine nach der anderen; der Kahn ist bereits weit flussab.

„Ja, ja, hab ich gesagt", räumt Prungnie ein, „aber da bin ich natürlich davon ausgegangen, dass ihr ..."

Die Stimme, die ihm aus dem Hörer scharf ins Ohr dringt, wird lauter. Gebieterisch. Prungnie unternimmt keinen Versuch, dagegen anzukommen. Stattdessen legt er sich in Gedanken seine nächsten Sätze zurecht. Und als der Wortschwall seines Gegenübers endlich abbricht, hat er die nötige Ruhe, die ihm zu Anfang des Gespräches gefehlt hat.

„Gut! Gehen wir mal davon aus, dass der Mann sich nicht so schnell erholt, und dass er Sie noch weniger schnell zu dem Ort führt. Und gehen wir gleichzeitig davon aus, dass das Objekt noch an der Stelle liegt, die Ihnen der Mann beschrieben hat. Schön eingegraben. Warum schicken Sie nicht einfach jemanden dahin, der sich ein wenig Zeit nimmt und dort ein bisschen herumbuddelt? Kann doch nicht so schwierig sein ..."

Prungnie geht wieder ans Fenster und öffnet es; sofort

dringt der unveränderliche, muffige Geruch des Fluss-wassers in seine Nase. Er liebt diesen Geruch. Denn er signalisiert ihm: alles wie immer. Den Telefonhörer am Ohr, beugt er sich ein wenig hinaus und betrachtet die Hauswand unterhalb der Fensteröffnung. Die Schlingge-wächse und die Moose, die sich auf den Steinen angesie-delt haben, werden immer dichter. Machen sie die Mauer kaputt - oder schützen sie sie? Diese Frage hat sich Prung-nie schon häufig gestellt. Dann, aus heiterem Himmel, wie nach einem Schlag in die Magengegend, krampft sich wieder alles in ihm zusammen.

„ ... selbstverständlich gemacht", hat er im Ohr, „wir sind ja auch nicht blöd. Und der hat die Stelle natürlich gefunden. Die Beschreibung stimmte einigermaßen. Hat ein bisschen Zeit gekostet, gut, aber er hat sie gefunden."

„Und?", fragt Prungnie und vergisst voller Hoffnung zu atmen.

„Nichts."

„Wie: nichts?"

„Weg! Das Objekt ist verschwunden!"

Prungnie sinkt zurück auf seinen Hocker. Hunderttau-send Dollar! In Luft aufgelöst von einem Augenblick auf den anderen.

„Und ihr seid ganz sicher, dass es die richtige Stelle war?", fragt er nach einer geraumen Weile, in der nicht der geringste Laut aus dem Hörer gedrungen war.

„Ganz sicher!"

„Warum? Was macht euch so sicher?"

„Der Boden war ganz locker, da muss kurz vorher jemand gebuddelt haben. Außerdem haben wir im Sand den Meißel gefunden, den unser Mann benutzt hat."

„Und was ist jetzt?" Prungnie hat seine Selbstsicherheit vollkommen verloren.

„Wir kümmern uns darum. Es gibt ja nur eine Möglichkeit: unser Mann hat die Stelle auch an eine andere Person verraten. Und das werden wir herauskriegen. Da haben wir unsere Mittelchen. Verlassen Sie sich darauf. Wir sitzen in einem Boot."

Prungnie schweigt.

„Wir melden uns wieder."

25

Luft holen und schweigen

Die ‚Angkor Society' hat ihren Sitz in einer kleinen
Ansammlung von Gebäuden, die die Franzosen noch
kurz vor der Unabhängigkeit des Landes angelegt hatten.
Nicht weit von der River Road entfernt. Überschattet
von Bäumen, die wohl zum selben Zeitpunkt gepflanzt
wurden, und die sich in den vergangenen Jahrzehnten zu
mächtigen Riesen entwickelt haben.

Während seiner Berufstätigkeit musste Nhean der
Society regelmäßig Besuche abstatten. Meistens ging
es um Dokumente, die zwischen ihr und dem Kleinen
Phnom Penh hin und her transportiert werden mussten.
„Heute war ich wieder Briefträger", erzählte er dann
Kunthea beim Abendessen. Von dem kleinen Laden,
der Landkarten, Postkarten, Fotos, Bücher und andere
gedruckte Überbleibsel aus vergangenen Zeiten verhö-
kerte und den er genauso regelmäßig besuchte, erzählte er
nie etwas. Es war derselbe Laden, in dem er vor wenigen
Tage die Heine-Ausgabe gefunden hatte. Gesucht hatte er
nicht danach. Er hatte den Laden nur betreten, weil er sich

ein bisschen mit dem Eigentümer des Geschäfts unterhalten wollte. Das tat er allzu gerne, denn nach diesen Gesprächen hatte er immer das Gefühl, als habe er vieles verstanden, das ihm bisher ein Buch mit sieben Siegeln gewesen war. Und jedes Mal hatte er den Eindruck, als hätte der kauzige Wicht, der kaum größer ist als 1,50 m, aber wie ein Eichhörnchen die Leiter hochklettert und mühelos die höchsten Regale erreicht, die ganze Welt bereist, obwohl er Zeit seines Lebens vermutlich nicht ein ein einziges Mal aus Siem Reap hinausgekommen war. Wahrscheinlich hat er sogar nicht einmal seinen Laden verlassen, dachte Nhean oft, wenn er beobachtete, dass er in seinem völlig unübersichtlichen, vollgepfropften Vorratslager alles sofort fand, ohne auch nur eine Sekunde suchen zu müssen.

Der Eingang zur ‚Angkor Society', den Nhean nimmt, ist leicht zu übersehen. Es ist eine schmale Tür in einer beinahe hundert Meter langen, gut 2 m hohen Betonmauer, die oben mit massiven, spitzen Eisenhaken gesichert ist. Wer nicht weiß, dass man auch durch diese Tür den Gebäudekomplex betreten kann, käme nie auf die Idee hier um Einlass zu bitten. Es ist ein Eingang aber auch nur für Leute, die zu Fuß kommen. Autofahrer müssen die Schranke auf der anderen Seite des Grundstücks passieren.

Nhean stellt sein Moped an der Mauer ab und zieht am Glockenstrang. Er tut es mit Bedacht, beinahe zärtlich, denn er schätzt das uralte mechanische System der Kraftübertragung durch einen Seilzug; den dumpfen, aber vollen Ton, der bis zur Tür zu hören ist, kennt er seit vielen Jahren. Dann wartet er geduldig auf Sovann, den Pförtner, der die Glocke nicht allein aus Pflichtbewusstsein, sondern mit besonderer Hingabe pflegt, seit er hier arbeitet. Und der immer eine Weile braucht, um aus seinem Büro, einem zierlichen Anbau an einer Reihe von Garagen, hervorzukommen. Als sich das Tor endlich einen Spalt öffnet, Sovann neugierig herausschaut und Nhean erkennt, ist so etwas wie ein unterdrückter Freudenschrei zu hören.

„Nhean! Nein!"

„Doch! Leibhaftig!"

Die Tür öffnet sich weiter, und Nhean schlüpft hinein. Die beiden alten Männer kennen sich, soweit sie zurückdenken können. Nhean behauptet immer, sie hätten schon am Unabhängigkeitstag 1954 gemeinsam im Siem Reap Fluß gebadet, nur 100 m von der Society entfernt. „Ich kann doch gar nicht schwimmen!", entgegnet Sovann dann regelmäßig, und Nhean antwortet ebenso regelmäßig: „Damals konntest Du es!"

„Was verschafft uns die Ehre?", fragt Sovann.

„Ich muss in die Bibliothek. Etwas nachschauen."

„Aber du bist doch pensioniert, oder?"

„Ja, darf man denn nicht trotzdem dazulernen?"

Die beiden Männer trotten nebeneinander über die vertrocknete Rasenfläche in Richtung Bibliothek. Sie lassen sich Zeit. Sie mögen einander, beide genießen das Wiedersehen. Dabei fällt Nhean auch diesmal wieder auf, das hier etwas überhaupt nicht vorhanden ist: Müll. Papier, Plastiktüten, Verpackungsreste und all das, was von vielen anderen privaten wie öffentlichen Grundstücken in Siem Reap nicht wegzudenken ist. Hier aber: nichts davon! Nhean weiß, wem das zu verdanken ist.

„Wirst du dafür eigentlich extra bezahlt?", fragt er Sovann. Der stutzt.

„Wofür?"

„Dass du immer den Müll wegräumst."

Sovann lächelt versonnen, das ist Antwort genug.

„Und du? Was willst du bei uns lernen?"

Die Frage bringt Nhean in Verlegenheit. Doch zu seinem Glück wird er schnell daraus erlöst, denn im Büro Sovanns klingelt laut das Telefon.

„Du weißt ja Bescheid!", ruft der Pförtner, mit dem Finger auf die Bibliothek weisend, schon unterwegs zum Telefon.

In der Bibliothek ist es angenehm kühl, obwohl sämtliche Fenster weit aufgerissen sind und die Sonne schon hoch am Himmel steht. Doch das weitläufige und dichte Blätterdach, das beinahe das gesamte Gebäude überspannt, sorgt für ein belebendes Klima. Nhean hatte bei früheren Besuchen schon öfter vermutet, dass es nicht die Arbeit, sondern die wohltuende Luft ist, die manchen Mitarbeiter der Society in die Bibliothek lockt. Und vielleicht hatte er, ohne es sich tatsächlich bewußt zu machen, darauf gesetzt. Denn das eigentliche Ziel seines Besuches ist nicht die Bibliothek, sondern eine Begegnung. Eine zufällige. Und doch eine ganz bestimmte, erhoffte! Also schlendert er an den Bücherwänden entlang, zieht hier und da ein Buch aus einem Regal, schaut kurz hinein und blättert darin herum, ohne wirklich etwas zu lesen.

Plötzlich hört er Schritte. Aber es ist ‚nur' Sovann mit zwei Gläsern Tee auf einem hübschen, lackierten Holztablett. Jasmintee. Und Honig.

„Ich dachte ...“

„Richtig gedacht!“, sagt Nhean, „danke!“

Sie setzen sich an einen Tisch.

„Hast du schon etwas gefunden?“

„Nein.“

Glücklicherweise fragt Sovann nicht, was Nhean sucht. Ihn interessiert viel mehr, wie es Nhean geht und wie er seine Zeit verbringt.

„Ach, da bist du!“

Dr. Müller, der Deutsche, hat die Bibliothek betreten. „Du wirst gesucht, Sovann; die Schranke am Haupteingang öffnet sich nicht richtig.“

Der Pförtner springt pflichtbewusst auf und ist im

Nu verschwunden. Doch der Deutsche, der sich ebenfalls schon wieder halb abgewendet hatte, verharrt etwas unschlüssig nahe der Tür und schaut dann zurück zu Nhean, durchsucht sein Gedächtnis. Erfolgreich.

„Sie sind das! Jetzt weiß ich es wieder", sagt er mit einem freundlichen Lächeln. „Sind Sie nicht pensioniert?" Er geht auf Nhean zu und schüttelt ihm die Hand.

„Ja, Sie haben recht", räumt Nhean ein, „aber ich war früher sehr oft hier."

„Ich weiß. Und warum heute, wo Sie doch eigentlich im Sessel sitzen und das Leben genießen sollten?"

„Ich wollte mich ein bisschen schlau machen über die Apsaras."

Müller schaut ihn prüfend an. „Etwa wegen dieser blöden Geschichte mit dem Diebstahl?"

„Ja, ich hatte in der DAILY gelesen, was Sie dazu gesagt haben. Das hat mich interessiert. Und da bin ich auf die Idee gekommen, hier in Ihrer Bibliothek ein bisschen zu forschen."

Der Deutsche nickt zustimmend mit dem Kopf.

„Wir hoffen alle, dass die Gestohlene bald wieder auftaucht. Wissen Sie", Müller zögert einen Moment, entscheidet sich dann aber doch, den Satz zu Ende zu führen, „wir hatten die Erlaubnis, den Tempel zu erforschen, noch nicht so lange. Sie wissen ja besser als ich, wie das bei Channary läuft, und dass wir diese Erlaubnis einholen müssen, bevor wir auch nur einen Ast zur Seite räumen. Aber Channary ist schon immer sehr kooperativ gewesen, immer. Und wir hatten überhaupt nicht damit gerechnet, auf so eine großartige Figur zu stoßen. Das haben wir ihm auch sofort mitgeteilt. Ist das Ihr Tee?"

Nhean überrascht diese plötzliche, banale Frage.

„Nein, der ist von Sovann."

„Scheint vollkommen unberührt!"

Müller greift nach dem Glas, das noch auf dem Tablett steht, und trinkt einen Schluck.

„Wäre doch schade."

Er streicht sich mit der linken Hand übers Kinn, weil er das Glas zu schnell und unkontrolliert zum Mund geführt und dabei ein paar Tropfen verschüttet hat.

„Wissen Sie, diese Arbeit hier ist so eine tiefe Befriedigung für mich. Ich kann immer noch nicht fassen, was Ihre Vorfahren hier geschaffen haben. Unglaublich! Kennen Sie eigentlich alle Tempel?"

„Ja, die im grand circuit schon. Aber weiter draußen natürlich nicht. Abgesehen von Beng Malea."

„Sind ja auch immer mehr, die dank der neuen Techniken nach und nach entdeckt werden. Wie jetzt gerade dieser kleine Tempel, der fast völlig in sich kollabiert ist. Wir wissen noch nicht mal genau, wie er heißt. Bin übrigens gespannt, ob Channary inzwischen die letzten Ultraschall-Aufnahmen aus Phnom Penh bekommen hat.

Morgen mittag kommt er wieder hierher. Und diese kleine Apsara ..."

Müller atmet tief ein, und sein Gesicht und sein andächtiges Kopfschütteln lassen tiefe Bewunderung erkennen.

„Danach würden sich alle Museen die Finger lecken."

Dann schaut er auf die Uhr.

„Für uns, für die Angkor Society, ist es natürlich großartig, dass wir bei Channary so viel Unterstützung finden."

Nhean nickt zustimmend mit dem Kopf.

„Es ist ja auch im Interesse unserer Kultur", sagt er und kommt sich dabei vor wie ein Diplomat, der achtgeben muss, dass er nicht über seine eigenen Sätze stolpert.

„Richtig! Aber auch für die Society. Wir haben einen Ruf zu verlieren. Und ohne die Unterstützung Channarys könnten wir nicht viel machen. Die Hände wären uns gebunden."

„Das kann ich mir vorstellen", stimmt Nhean zu, „man kann nur hoffen, dass diese Kooperation bestehen bleibt."

Müller hat eine Bemerkung auf der Zunge, kaum dass Nhean seinen Satz zu Ende gesprochen hat. Doch dann lächelt er noch einmal, holt tief Luft und schweigt.

26

Eine riskante Idee

„Man kann nur hoffen, dass diese Kooperation bestehen bleibt."

Sein eigener Satz klingelt Nhean im Ohr, bis er zu Hause angekommen ist. Er schwillt an und ebbt wieder ab, und kaum scheint er endgültig verschwunden, kehrt er zurück, macht sich umso heftiger bemerkbar und hämmert unbarmherzig auf seine grauen Zellen ein. Nhean findet keinen Weg, sich dagegen zur Wehr zu setzen; er wird diesen Satz einfach nicht los.

„Man kann nur hoffen, dass diese Kooperation bestehen bleibt."

Warum hat er das bloß gesagt? Das fragt er sich ein ums andere Mal. Es war, als hätte ihn eine unbekannte Verrücktheit gelenkt. Und doch muss er sich irgendetwas dabei gedacht haben. Im Unterbewusstsein. Nur: was?

„Was ist?", fragt ihn Kunthea. Es duftet kräftig nach gebratenem Knoblauch, und Nhean hat keine Lust, auf ihre Frage einzugehen. Doch er weiß: Kunthea wird nicht locker lassen. Sie ist Meisterin darin, ihm seine Verfassung aus dem Gesicht herauszulesen. Unwillig räuspert er sich.

„Ich weiß es nicht. Ich glaub, ich hab irgendetwas Blödes gesagt."

„Nein! Wirklich?"

Kunthea befördert mit Schwung eine Handvoll geschnittener Zwiebeln ins heiße Öl; das Zischen, das nur kurz, aber umso heftiger zu hören ist, unterstreicht ihre Ironie.

„Was könntest du denn schon Blödes gesagt haben?", fragt sie gedehnt und jedes Wort betonend. „Und vor allem: zu wem?" Und weil sie gerade so gut in Fahrt ist, fügt sie, im Ton größter Naivität und Unschuld, hinzu: „Ich war doch gar nicht da!"

Nhean hört nicht hin. Er hat das unbestimmte Gefühl, dass sich in seinem Kopf allmählich eine Antwort herausbildet auf die Frage, die weiter ungezähmt durch sein Hirn irrt. Er versucht sie festzuhalten, sie zu packen, ihr einen Körper zu geben, den er fassen kann. Kunthea registriert auch das; sie läßt ihn in Ruhe, schweigt und kocht. Und dann - dann kommt ihm eine Idee. Zuerst verschwommen und schwerfällig, dann immer schneller, klarer, Hals über Kopf. Eine Idee, die zwar nicht geeignet ist, seinen Satz zu erklären, die ihn aber einen Schritt voranbringen könnte.

„Schmeckt es dir nicht?", fragt Kunthea. Sie kann sich nicht erinnern, dass Nhean sein Abendessen schon einmal so achtlos hinuntergeschlungen hat.

„Doch", stößt er aus vollem Mund hervor. Aber noch bevor er zu Ende gekaut hat, springt er auf und fängt an, in den Kartons herumzukramen, die hinter der Tür im Schlafraum gestapelt sind. Je länger er sucht, desto unzufriedener wird er.

„Was suchst du denn?", will Kunthea wissen. Doch Nhean scheint sie nicht zu hören. Nachdem er alle Kartons durchwühlt hat, steht er einfach nur da und denkt über irgendetwas nach. Bis er plötzlich einen Entschluss fasst.

„Ich muss nochmal los!"

„Jetzt? Um diese Zeit? Wohin denn?"

„Ins Kleine Phnom Penh."

„Aber da ist doch niemand mehr."

„Doch. Der Hausmeister vielleicht."

„Was willst du denn von dem?"

Aber Nhean hat bereits die Tür hinter sich ins Schloss gezogen und ist verschwunden.

***

Innerhalb von drei Minuten steht er vor dem Eingang zum Kleinen Phnom Penh. In der Empfangshalle glimmt nur noch das Nachtlicht. Nhean flucht irgendetwas in sich hinein; ohne Hoffnung legt er die Hand auf die Klinke

der schweren Holztür und drückt sie herunter. Zu seiner
Überraschung gibt sie nach. Langsam schiebt er die Tür
auf und schaut hinüber zum Kabuff des Hausmeisters.
Auch dort brennt ein schwaches Licht, aber vom Hausmeister ist nichts zu sehen. Nhean bleibt eine Weile reglos
stehen, die Klinke noch in der Hand, und zögert. Da hört
er Schritte, draußen, auf dem Fußweg. Um nicht entdeckt
zu werden, huscht er hinein ins Haus und schließt leise die
Tür hinter sich. Läuft die Stufen zum ersten Stock hinauf
und hält inne. Hört, dass unten die Eingangstür geöffnet
wird und wieder ins Schloss fällt. Leise Schritte im Erdgeschoss; sie entfernen sich den Flur hinab. Dann fällt noch
eine Tür ins Schloss. Nhean kennt das Geräusch: es ist die
Tür zur Toilette.

Ohne lange zu überlegen, huscht er den Flur im 1. Stock
hinunter, hinein in Sophys Büro und von dort in das von
Channary. Viel Zeit hat er nicht, das ist ihm klar. Getrieben
von der Sorge, erwischt zu werden, versucht er, Channarys
Schreibtisch so schnell wie möglich zu überblicken. Das
ist nicht einfach im Halbdunkel; Licht dringt nur von der
Straßenbeleuchtung ins Zimmer. Aber Nhean hat Glück.
Der Schreibblock, den er sucht, liegt mitten auf dem Tisch.
Zum Glück ist das oberste Blatt noch nicht benutzt. Nhean
reißt vorsichtig zwei Seiten heraus und rollt sie zusammen.
Und ohne, dass er es so geplant hätte, greift er nach einer
der Mappen, die im gesamten Kleinen Phnom Penh von

Büro zu Büro gehen, und nimmt auch sie mit.

Dann macht er sich auf den Rückweg. Bleibt oben an der Treppe stehen und horcht angestrengt hinab ins Erdgeschoss. In der Toilette rauscht Wasser. Noch schneller, als er die Treppe hinauf gehuscht ist, springt er sie wieder hinunter, immer zwei Stufen auf einmal, schleicht zur Tür, öffnet sie einen Spalt, wischt hindurch und schließt sie so leise wie möglich.

***

„Wo warst du?"

„Hab ich doch gesagt: im Kleinen Phnom Penh."

Nhean deponiert die beiden Blätter von Channarys Schreibblock auf seinem Schreibregal und wendet sich seiner Frau zu. „Gibt's Nachtisch?"

„Nur, wenn du mir sagst, was du da gemacht hast."

„Ich hab Einbrecher gespielt."

„Einbrecher? Du?"

Nhean nickt. „Ja, ich!"

Und er erzählt Kunthea, dass er in Channarys Büro gewesen ist, und was er dort gesucht hat. Kunthea erschrickt.

„Bist du sicher, dass dich niemand gesehen hat?"

„Es war ja nur noch der Hausmeister da. Und der war auf der Toilette."

Kunthea schüttelt den Kopf.

„Und jetzt?"

„Jetzt schreibe ich einen Brief."

Außer verständnislos den Kopf zu schütteln, weiß Kunthea nicht mehr, wie sie sich dazu äußern soll. Und ohne es wirklich gewollt zu haben, greift sie nach einem Staubtuch und beginnt, ihr heiliges Holzbrettchen zu säubern. Sie räumt all die kleinen Schätze, die dort versammelt sind, herunter: die Streichholzschachteln, das Feuerzeug, den Schlüsselanhänger, den goldenen Kuli, die Spielkarten und die zahllosen anderen Souvenirs, die alle erkennbar ausländischer Herkunft sind. Anschließend wischt sie über das Brettchen. Doch ohne hinzugucken. Denn ihr Interesse gilt nicht den gesammelten kleinen Schätzen und deren Standort, sondern ihrem Mann. Der hat sich an sein Regal gesetzt, eines der in Channarys Büro gestohlenen Blätter in seine kleine Schreibmaschine eingespannt und den Kopf in die linke, aufgestützte Hand gelegt. Kunthea wüsste allzu gern, was er da zu Papier bringt. Erst, als sie sich daran erinnert, welchen Trumpf sie selbst in der Hand hat, kann sie sich wirklich aufmerksam und mit Hingabe ihren gesammelten Schätzen widmen.

27

Die Falle

Am Mittag darauf macht Nhean sich noch einmal auf den Weg zur Angkor Society. Einen genauen Plan hat er nicht. Auch das Ziel ist ihm nicht ganz klar: es muss irgendein Ort in der Bibliothek oder in Müllers Büro sein, wo er ,versehentlich' liegenlassen kann, was er am vergangenen Abend so sorgfältig zu Papier gebracht hat. Zum dritten oder vierten Mal wirft er einen Blick in die alte, lederne Aktentasche und ist beruhigt: die Mappe ist drin.

Ungewöhnlich für einen Asiaten und allemal für einen Mann seines Alters, geht er zu Fuß. Zunächst auf der Westseite des Flusses, den Weg zwischen Straße und Fluss entlang. Dann überquert er die National 6 und folgt ihm weiter am Ostufer. Vorbei am Restaurant Arun, an der St. John Catholic Church und dem Peace Café bis zum Kloster Wat Preah Enkosai. Dort muss er noch einmal den Fluss überqueren, um direkt zur Tür in der Betonmauer der Society zu gelangen. Doch auf der Brücke bleibt er stehen. Denn noch immer hat er keinen Plan!

Umso willkommener ist ihm die Ablenkung, die ihm

eine Schar von Jungen bietet. Zwischen acht und elf oder zwölf Jahren sind sie alt, und jeder versucht, die anderen an Geschrei und Gejuchze zu überbieten. Sie sind nackt oder nur mit einer Unterhose bekleidet. Und pausenlos in Bewegung. Wie die Ameisen krabbeln sie in Windeseile den schräg ansteigenden, mächtigen Stamm eines Baumes in die Höhe. Zehen und Finger an die Baumrinde gepresst. Immer höher, bis sie sich drei oder vier Meter über dem Fluss auf einem Ast befinden. Dann richten sie sich auf und stürzen sich, ohne zu zögern, Arme und Beine weit von sich gestreckt, vor Spannung und Vergnügen laut juchzend, hinunter in das graubraune Wasser.

Nhean beobachtet das ausgelassene Spektakel. Und je länger er das tut, umso deutlicher spürt er, wie sich die anscheinend vollkommen sorglose Lebenslust der Jungen auf ihn überträgt. Wie gut es ihm doch geht! Tag für Tag kann er tun und lassen, was er will! Niemand macht ihm Vorschriften. Und mit dem, was er jetzt vorhat, wird ihm ein entscheidender Schritt vorwärts gelingen! Kunthea wird staunen.

Entschlossen reißt er sich los vom Anblick der Wasser-springer und geht, gestärkt von neuer Unternehmungslust, die wenigen Meter bis zur Tür der Society. Irgendetwas wird ihm schon einfallen, um sein Ziel zu erreichen. Er muss sich eben den Umständen anpassen. Die kann man nicht vorhersehen. Geschickt muss er sein, nur die Gelegenheit kurz entschlossen abpassen, die sich ihm hoffentlich bieten wird. Und so zieht er, äußerlich wie innerlich aufgerichtet, am Strang der Glocke. Es dauert eine Weile, bis ihr Ton verhallt. Aber die Schritte Sovanns, die er erwartet hat, sind nicht zu hören. Telefoniert er gerade? Nhean übt sich in Geduld. Zieht dann noch einmal an der Glocke. Kräftig. Und noch ein weiteres Mal. Vielleicht hat Sovann sie nur überhört. Aber niemand kommt, auch beim dritten Mal nicht. Nichts tut sich. Die Tür bleibt geschlossen.

Nhean schaut sich um. Überlegt. Aber es gibt keine andere Möglichkeit: Er muss an der Mauer entlang hinüber auf die Westseite der Society gehen und sie dort durch die offizielle Einfahrt betreten.

Wie schlecht die Straße ist! Fortwährend muss er Schlaglöcher umgehen und zugleich auf die Fahrräder und Mopeds achten, die ihm zick zack fahrend entgegen kommen. Auch sie versuchen, einen Weg zu finden, auf dem sie nicht kräftig durchgeschüttelt werden. Nhean muss vor sich hin lachen, als er sich vorstellt, wie das von oben, aus der Luft aussieht. Er erinnert sich an die unzähligen kleinen Lebewesen in einem Wassertropfen, den er vor langer Zeit einmal unter dem Mikroskop betrachtet hat. Viel Bewegung ohne erkennbares Ziel.

Aber Nhean hat eines.

„Wo finde ich Dr. Müller?", fragt er den Wachmann, der

die Einfahrt kontrolliert.

Er stellt die Frage laut, barsch, beinahe im Befehlston, weil er hofft, dann nicht weiter kontrolliert zu werden. Ein bisschen erschrickt er dabei vor sich selbst. Aber je mehr Selbstbewusstsein man vorweisen kann, desto weniger Widerstand ist zu erwarten. Und er hat Erfolg! Der Wachmann zuckt zusammen. Und Nhean muss an sich halten, um ihm nicht beschwichtigend zuzulächeln oder sich gar zu entschuldigen.

„In seinem Büro. Bitte dort entlang!"

Der Wachmann, der ihn eigentlich nach seinem Namen oder gar Ausweis hätte fragen müssen, zeigt die Richtung an und verbeugt sich vor Nhean. Was dem gar nicht sympathisch ist. Aber nun muss er die Rolle, die er gewählt hat, zu Ende spielen. Ohne Dank geht er also an dem eingeschüchterten Mann vorüber und bittet ihn in Gedanken um Verzeihung.

Der Deutsche sitzt an seinem Schreibtisch. Und vor ihm, auf der anderen Seite, Channary. Durch das geöffnete Fenster kann Nhean die beiden leicht erkennen. Er erschrickt und will schnell vorbei und weiter zur Bibliothek, weil ihm plötzlich wieder bewusst wird, dass er immer noch keinen Plan hat. Doch da kommen ihm die Götter zu Hilfe. Nhean hört, wie Stuhlbeine über den Steinboden schrammen und kurz darauf sein Name gerufen wird. Und er dreht sich um.

„Warten Sie doch einen Augenblick!"

Der Deutsche beugt sich aus dem Fenster und winkt Nhean zu sich.

„Sie wollten sich doch über die Apsaras informieren, oder?"

Nhean nickt mit dem Kopf; der Schreck hat ihm die Sprache verschlagen.

„Ich hatte ganz vergessen, dass das beste Buch bei mir auf dem Schreibtisch lag. Aber ich hab's zurückgebracht in die Bibliothek! Warten Sie!"

Müller verschwindet vom Fenster und steht kurz darauf neben Nhean.

„Kommen Sie! Ich zeig's Ihnen eben."

Ohne lange zu suchen, zieht er in der Bibliothek einen Bildband aus dem Regal und blättert ihn auf.

„Das hier stammt von einem französischen Forscher. Können Sie französisch?"

Nhean kommt gar nicht dazu, zu antworten.

„Müssen Sie auch gar nicht. Unter den Bildern die Unterschriften sind zweisprachig. Kommen Sie, ich leg's Ihnen hier auf den Tisch. Und jetzt müssen Sie mich wieder entschuldigen; Ihr Chef ist da, Ihr ehemaliger!"

Zwei Sekunden später zieht Müller die Tür hinter sich ins Schloss. Nhean tritt ans Fenster und beobachtet, wie der Deutsche den Weg zurück zu seinem Büro geht. Doch es dauert nicht lange, bis er wieder herauskommt. Und mit ihm Channary. Die beiden steigen in Müllers Auto und verlassen das Gelände der Society. Nhean sieht, wie sich die Schranke hinter dem Auto absenkt, wie es sehr langsam nach rechts abbiegt und noch langsamer über die Schlagloch-Straße in Richtung Charles De Gaulle davonfährt.

Ist das seine Chance?

Nhean rasen die Gedanken durch den Kopf. Sie überstürzen sich. Einer gerät dem anderen in die Quere; keiner lässt dem anderen Zeit, sich zu entwickeln. Keiner schält sich aus den anderen heraus. Bis sie ganz allmählich von selbst zur Ruhe kommen und sich ordnen. Und dann bleibt ein einziger übrig.

Aber kann das gutgehen?

Ein Blick in die Aktentasche: die Mappe mit dem Schreiben ist noch drin!

Hat Müller sein Büro nicht abgeschlossen?

Wie lange dauert es, bis er zurückkommt?

Er ist mit dem Auto weggefahren. Mit Channary. Das bedeutet, dass sie keinen kurzen Weg vor sich haben. Vielleicht bringt er Channary zurück ins Kleine Phnom Penh?

Nhean ist entschlossen! Er hängt sich die Aktentasche über die Schulter, verlässt die Bibliothek und geht zügig den Weg zurück zu Müllers Büro. Und der Wachmann? Nhean ist erleichtert: der kann ihn von seinem Standpunkt aus nicht sehen.

Aber die Tür ist verschlossen. Sie klemmt nicht, sie ist verschlossen.

Soll er ... ?

Nhean guckt sich um. Prüfend wandert sein Blick über das gesamte Gelände. Ist irgendjemand zu sehen? Dann nähert er sich dem Fenster. Noch ein Blick hinter sich, die Aktentasche auf den Rücken geschoben, und dann stützt er sich mit beiden Händen ab und klettert hinein ins Büro. Das war leichter als gedacht. Trotzdem geht sein Atem schnell. Wohin? Er greift nach der Tasche und zieht die Mappe heraus. Sie ist dünn, aus Pappe. Alt und zerknittert. Und sie trägt das Wappen des Ministeriums.

Auf den Schreibtisch?

Nein, auf den Stuhl. Auf den Stuhl, auf dem Channary gesessen hat. Kurzentschlossen legt Nhean die Mappe dort ab, huscht an die Tür, öffnet sie, drückt den Knopf in den Türknauf hinein, zieht die Tür von außen hinter sich ins Schloss und kontrolliert, ob sie verriegelt ist. Sie ist es.

28

Ein Zufall

Der Wachmann blickt erstaunt hinter ihm her, als Nhean das Gelände verlässt. Was ist passiert? Hat er irgendetwas übersehen? Hat er einen Fehler gemacht, als er den unfreundlichen Besucher nicht kontrolliert hat? Verunsichert schaut er auf seine Armbanduhr, klopft sich den Staub von der Jacke und spuckt hinter vorgehaltener Hand in den Jasminbusch. Als er sich endlich entschließt, dem Besucher etwas hinterherzurufen, ist der schon außer Hörweite.

Nhean läuft mehr als dass er geht, er hat es jetzt sehr eilig. Und er ist keine halbe Minute zu früh am Eingangstor, denn von der Charles De Gaulle nähert sich, in Schlangenlinien und Schneckentempo, Müllers Auto. Die Schlaglöcher! Nhean tritt geistesgegenwärtig hinter einen Jasminbusch und wartet; er darf auf keinen Fall gesehen werden. Erst, als Müller vorüber und sein Auto hinter dem Bürogebäude verschwunden ist, läuft er weiter. Bis zur Ecke Charles De Gaulle. Dort winkt er ungeduldig ein Tuktuk herbei. „Schnell!", sagt er, „Alter Markt!"

Ein Tuktukfahrer, der aufgefordert wird schnell zu fahren, entdeckt sofort seinen Ehrgeiz. Er weiß, dass da ein Extra-Dollar drin ist. Und der, in dessen alte Kiste Nhean eingestiegen ist, macht keine Ausnahme. Fast aus dem Stand heraus wendet er und knattert mit röhrendem Motor, verfolgt von einer Abgaswolke, die De Gaulle entlang Richtung Stadt. Nhean kann sich kaum auf der Sitzbank halten. Bei jeder Unebenheit in der Straße und bei jedem Bremsen rutscht die lederbezogene Sitzfläche ein erhebliches Stück nach vorne, und Nhean muß sich krampfhaft am Geländer des Fahrzeugs festklammern. Die Kreuzung mit dem National Highway 6, ein Kreisverkehr, überwindet der Fahrer beinahe ohne zu bremsen, so dass er die hässlichen Flüche, die hinter ihm her geschleudert werden, nicht hören kann. Nhean ist sicher: das Kleine Phnom Penh wird er noch vor Müller erreichen. Die Pokambor Avenue ist fast frei; erst unmittelbar hinter dem Prom Rath-Tempel lässt er anhalten.

Als er den Fahrer großzügig bezahlt hat und aussteigt, entdeckt er Channary. Er betritt soeben das Haus. Auch gut, denkt Nhean, fehlt nur noch Müller. Der wird aber nicht lange auf sich warten lassen. Nhean lässt eine halbe Minute verstreichen, dann betritt auch er das Kleine Phnom Penh.

Der Hausmeister in seinem kleinen Kabuff grinst ihn an:

„Nichts zu tun?"

Nhean grinst zurück.

„Nichtstun ist auch Tun."

Dass der Hausmeister für eine geraume Weile seine Gesichtszüge einfriert, bleibt Nhean verborgen; er ist längst die Treppe hinaufgesprungen, immer zwei Stufen auf einmal, und in seinem früheren Büro verschwunden. Geschafft! Er lässt sich auf den Stuhl am Schreibtisch fallen und atmet tief durch. Gleichzeitig fängt sein Gehirn an zu arbeiten. Was nun? Er springt wieder auf und stellt sich an die Tür zum Balkon. Vorsichtig, weil er nicht entdeckt werden möchte, späht er hinunter auf die Straße. Ist Müller schon zu sehen?

Unten auf der Sivatha hat die Rush Hour begonnen. Wer um diese Zeit die Straße zu Fuß überqueren will, muss entschlossen handeln. Nheans Blick fällt auf ein älteres, gut gekleidetes Touristen-Paar, das von seiner Seite hinüber will zur Steung Thmei; vermutlich zu den Artisans Angkor, wo sie ja alle hinrennen. Wo es die besten Souvenirs zu kaufen gibt und vor allem solche, die man tatsächlich brauchen kann. Hand in Hand warten die beiden auf eine Lücke im Verkehr. Als sie glauben, eine entdeckt zu haben, treten sie zögerlich einen Schritt vor. Er zieht sie an der Hand zwei, drei Meter hinter sich her. Doch im selben Augenblick nähert sich eine Horde von Motorrädern und Mopeds, und die beiden müssen den

Weg zurück antreten. Das passiert drei-, vier-, fünfmal, bis sie endlich bis zur Mitte der Straße vordringen. Und als sie ihre Schritte beschleunigen, weil sie meinen, es endlich geschafft zu haben, denn von links kommt nichts mehr - da kommt es von rechts. Viel zu lange müssen sie in der Mitte der Straße stehenbleiben, bis endlich ein Busfahrer Erbarmen hat, vor ihnen abbremst und seine Scheinwerfer aufblendet, weil er die Situation erkannt hat. Mit Blicken und Händen dankend, stolpern die beiden hinüber auf die andere Seite. Und als sie tatsächlich in die Steung Thmei einbiegen, bemerkt Nhean, wie verkrampft er an der Balkontür steht. Das Leben ist spannender als alles andere, denkt er. Und ahnt in diesem Augenblick noch nicht, wie recht er hat. Denn schon einen winzigen Moment später registriert er, dass gegenüber ein Auto aus dem Verkehrsstrom ausschert und mitten auf dem Gehweg parkt. Müllers Auto! Der Deutsche steigt aus, wirft die Fahrertür zu und überquert, jede Lücke geschickt ausnutzend, im Nu die Straße.

Jetzt!, weiß Nhean. Jetzt ist Channary dran! Während er hastig die Tür zum Balkon schließt, sieht er vor seinem geistigen Auge, wie Müller ein Stockwerk tiefer schon die schwere Eingangstür aufdrückt und an dem überraschten Pförtner vorbei hastet. Nur wenige Augenblicke später hört er ihn die Treppe herauf stürmen. Schnell nimmt Nhean eine Zeitung in die Hand; im Fall einer zufälligen

Entdeckung, so denkt er sich, erweckt das einen harmlosen Eindruck. Dann öffnet er leise die Tür und schaut verstohlen um die Ecke. Im selben Augenblick hört er lautes Stühlerücken sowie einen spitzen, unkontrollierten Schrei. Dann sieht er gerade noch, wie Müller im Vorzimmer von Channary verschwindet.

„Herr Doktor!"

Das ist Sophys Stimme. Nhean kennt diesen Schreckensschrei, und er weiß, wie Sophy jetzt aussieht: ihr Mund zu einem Oval geöffnet, die Arme emporgerissen, die Handflächen abwehrend nach vorne gerichtet und beide Daumen zum Kopf, in Richtung der Schläfen, abgewinkelt. Wie oft hat er das gesehen, auch in weniger aufregenden Momenten. Und immer hat er gedacht: es ist eine Inszenierung! Ein In-Szene-Setzen der eigenen Persönlichkeit.

„Channary!", hört Nhean Müllers erboste Stimme, „was soll das?"

Nhean bewegt sich auf Zehenspitzen ein Stück den Flur entlang, um besser hören zu können.

„Was?", entgegnet Channary.

„Das hier!"

Nhean weiß genau, dass Müller ihm in diesem Augenblick das graue Blatt Papier vor die Nase hält.

„Sie wissen ganz genau, was das ist!", brüllt er so empört, dass es zweifellos auch der Pförtner ein Stockwerk tiefer hören kann.

Dann herrscht für einen sehr langen Augenblick Ruhe. Nhean muss nichts sehen, um zu wissen: Channary guckt auf das Blatt, das ihm präsentiert wird. Es zittert in seinen Händen. Doch noch bevor er gelesen hat, was da steht, reißt Müller es wieder an sich.

„Wo haben Sie das her?" Jetzt wird auch Channary laut.

„Ach, das wissen Sie nicht? Sie kennen Ihr eigenes Papier nicht, Ihre eigene Unterschrift?"

„Geben Sie her!", sagt Channary. Dann wird es erneut still. Und Channary murmelt irgendetwas vor sich hin. Er liest den Schrieb, denkt Nhean. Und wird blass, als er daran denkt, dass er Channarys Unterschrift gefälscht hat. Aber gewagt ist gewagt! Und so wagt er sich noch ein paar Schritte weiter voran. Den Oberkörper vorgestreckt, mit der linken Hand an die Wand gestützt, versucht er aufzuschnappen, was in Channarys Büro gesprochen wird. Doch er kann nichts verstehen, die beiden Männer sind plötzlich leiser geworden. Oder haben sie die Tür zum Vorzimmer geschlossen, damit Sophy nicht alles mithört?

„ ... kann ich nicht begreifen." Das ist wieder Channary. „Ich kann mir nur vorstellen, dass es sich um einen bösen Scherz handelt."

„Scherz? Scherz?"

Obwohl er versucht, seine Erregung zu bändigen, ist der stets höfliche, zuvorkommende Müller nicht mehr wiederzuerkennen. Seine sonst so angenehme Stimme ist scharf geworden.

„Ich weiß genau, was Sie getan haben!", sagt er, „und Sie wissen es noch besser als ich. Und sie wissen auch, dass Ihnen das nicht gut bekommen wird. Und wenn Sie dieses Papier nicht sofort ..."

Nhean, der auf dem Flur noch weiter vorgerückt ist, erschrickt heftig. Sophy hat ihr Büro verlassen und kommt eilig auf ihn zu.

„Furchtbar!", flüstert sie ihm im Vorbeigehen zu, „ganz furchtbar!"

Und schon verschwindet sie ohne eine weiteres Wort in der Toilette. Was Nhean außerordentlich verblüfft. Hat sie sich gar nicht gewundert, dass er so einfach da auf dem Flur herumsteht?

„ ... gute Zusammenarbeit", hört er Channary sagen, „Sie können sich nicht beklagen. Sie nicht!" Er betont das ‚Sie‘.

„Danke gleichfalls! Und genau deshalb gibt es absolut keinen Grund, diesen Schrieb zu verfassen."

In der neuerlichen Stille, die eine ganze Weile anhält, spürt Nhean, ja, er glaubt es fast zu hören, wie verbissen die beiden versuchen, ihre Gedanken zu ordnen. Und in diese Stille hinein klappt die Toilettentür ins Schloss, und Sophy steht neben ihm.

„Ich versteh das nicht. Sie haben doch immer gut

zusammengearbeitet. Der arme Müller!"

„Wieso? Was ist?", fragt Nhean.

„Weiß ich nicht. Er tut mir einfach leid. Wegen dem Brief."

„Brief?"

„Nein, kein Brief. Ich weiß auch nicht. Jedenfalls soll dem Deutschen die Arbeitserlaubnis nicht verlängert werden, hab ich verstanden."

„Und wer hat das geschrieben?"

„Channary", antwortet Sophy, „aber er will es nicht gewesen sein."

„Klar", sagt Nhean, „wer will das schon gewesen sein?"

In Channarys Büro wird es von neuem laut. Beide Männer reden jetzt gleichzeitig und versuchen, sich gegen die Stimme des anderen zu behaupten. Es ist ein vollkommenes Durcheinander, ein gegenseitiges Übertönen, ein um die Wette Schreien. Nhean gelingt es nicht, Sinnvolles herauszufiltern. Sophy steht verängstigt neben ihm; sie wagt sich nicht zurück in ihr Zimmer.

Dann ist wieder mal gar nichts zu hören. Schließlich tritt der Deutsche aus Sophys Büro und eilt, ohne zu grüßen, an ihnen beiden vorüber, den Flur hinab und die Treppe hinunter.

Sophy und Nhean stehen sprachlos da. Bis sich aus der Zeitung, die er immer noch in der Hand hält, eine Werbebroschüre löst und auf den Boden fällt.

„Oh!"

Nhean bückt sich, hebt die Broschüre auf, stößt irgend-etwas Unverständliches in Richtung Sophy hervor und verschwindet über den Flur in seinem ehemaligen Büro. Kaum hat er die Tür hinter sich geschlossen, spürt er sein Herz heftig klopfen. Hat er erreicht, was er wollte? Wird Channary jetzt unvorsichtig? Wird er sich vielleicht auf irgendeine Weise verraten?

Aus seinem Büro hört er nichts, gar nichts.

Nhean wartet ein paar Minuten. Dann öffnet er behutsam die Tür und späht durch den Spalt hinaus auf den Flur. Sophy scheint wieder in ihrem Zimmer zu sein. Hätte er sie vielleicht ins Vertrauen ziehen sollen?

Nhean öffnet die Tür ganz, tritt auf Zehenspitzen hinaus auf den Flur und schleicht die Treppe hinunter.

„Was ist denn los da oben?"

Er zuckt zusammen. Doch es ist nur der Pförtner, der ihn verständnislos anschaut. Den Mund so steif und starr geöffnet, als sei er noch nie in seinem Leben geschlossen gewesen.

„Nichts", antwortet Nhean, lächelt ihn an und klopft ihm beruhigend auf die Schulter. Das hat er noch nie getan.

Ohne ein weiteres Wort verläßt er das Gebäude und wendet sich zum Fluss. Und geht und geht und geht. Wie in Trance. Bemerkt nicht einmal die riesige Baustelle für das neue chinesische Hotel, die seit etlichen Wochen nichts als Lärm und Staub produziert. Vor allem Staub! Jedes Mal, wenn Nhean hier vorübergegangen ist, regte sich ein unwiderstehlicher Hustenreiz in seiner Lunge. Und ohne zu wissen, wie er eigentlich dorthin gekommen ist und was in den letzten 10 oder 15 Minuten durch seinen Kopf gegangen ist, steht er plötzlich vor den Royal Gardens.

Ist er wirklich den ganzen Weg zu Fuß gegangen, ohne es gemerkt zu haben? Hat er mehrere Straßen überquert, ohne sich dessen bewusst gewesen zu sein?

Kopfschüttelnd trödelt er langsam weiter bis zum Sivatha Boulevard und wendet sich dann nach links, zurück in Richtung Alter Markt. Vorüber am riesigen Kulen II Restaurant, an den vielen kleineren Restaurants und den Massage-Salons, vor denen überall junge, fettrosa geschminkte Frauen in blauen oder weißen oder rosa Kitteln warten und hemmungslos ihre Dienste anpreisen. „Spießrutenlaufen!", denkt er und ist froh, kein Tourist zu sein.

Und dann, dann fehlen ihm noch einmal einige Sekunden in seiner Wahrnehmung. Er weiß noch, dass er sich zwischen zwei parkenden Autos hindurchgezwängt hat, die den Gehweg fast gänzlich versperrten. Dabei ist er mit seinem linken Schienbein gegen die Stoßstange des einen gestoßen. Sofort schoss ihm ein kurzer Schmerz ins Bein. Spontan bückte er sich, rieb sich die schmerzende

Stelle und schaute, noch in gebückter Haltung, zurück zu dem Auto, in das soeben ein junger Mann mit fast schwarz tätowierten Armen einstieg, laut die Tür hinter sich ins Schloss zog, den Motor startete und das Fahrzeug langsam auf die Straße rollen ließ. Kopfschüttelnd richtete Nhean sich auf und machte nur einen oder zwei Schritte rückwärts. Doch dabei passierte es.

Später hat er oft darüber nachgedacht, ob er den Fall ohne dieses kleine, zufällige Ereignis jemals gelöst hätte. Kunthea, der er diese Frage bei einem köstlichen Essen natürlich auch gestellt hat, hatte tagelang nichts Besseres zu tun, als diese Frage jeden Abend neu zu diskutieren.

„Die besten Detektive brauchen den Zufall. Ohne Zufall sind sie oft hilflos!", sagte sie dann immer. Und fügte hinzu: „Und die schlechtesten brauchen ihn erst recht."

Erst, wenn Nhean sie daraufhin verstört anschaute und sie ihr Lachen nach einigen Augenblicken nicht mehr zurückhalten konnte, ging ihm auf, dass sie ihn mal wieder geneckt hatte. „Nein, ich meine es ernst", sagte er dann mit einer Miene, die nicht beleidigt sein sollte, es aber war. Und sie entgegnete: „Ich auch." Woraufhin er sich seiner Sache noch weniger sicher war als vorher.

Einen oder zwei Schritte nur bewegt sich Nhean also zurück. Und dabei passiert es.

„Oh, Pardon!", kommt es ungeplant, aber auf die Zehntelsekunde gleichzeitig aus zwei erschrocken aufgerissenen Mündern. Nhean entschuldigt sich sofort und in aller Form bei der jungen Frau, die er beinahe über den Haufen gerannt hätte. Erst allmählich, als er genauer hinsieht, dämmert es ihm, dass sie keine Unbekannte ist. Den Mund zu einem Oval geöffnet, die Arme emporgerissen, die Handflächen abwehrend nach vorne gerichtet und beide Daumen zum Kopf, in Richtung der Schläfen, abgewinkelt - so steht Sophy vor ihm. Und gleichzeitig mit ihm fängt sie an zu lachen.

„Tut mir leid", sagt sie, „aber ich war so froh, dass es doch noch geklappt hat mit dem Ticket, dass ich einen Moment nicht aufgepasst habe."

Erst jetzt nimmt Nhean war, dass ihr Zusammenstoß direkt vor dem Eingang zur Filiale von ‚Bangkok Airways' stattgefunden hat.

„Wollen Sie verreisen?", fragt er, wie man so fragt in einem solchen Augenblick.

„Nein", sagt sie und lächelt ihn an, als sei diese Frage vollkommen absurd. „Das Ticket ist nicht für mich. Channary wollte eines haben für morgen früh. Zum Glück hatte gerade jemand seinen Flug gecancelt, sonst hätte ich keines mehr bekommen."

„Das stimmt", bestätigt Nhean, „die Flüge nach Bangkok sind fast immer ausgebucht." Zwar hatte Sophy nicht erwähnt, wohin der Flug gehen sollte, aber sie widerspricht ihm auch nicht. Sie lächelt ihn einfach nur an.

Geistesgegenwärtig fragt Nhean:

„Und wann geht der Flug?"

„Augenblick!"

Sophy kramt in ihrer Handtasche, zieht einen Umschlag mit dem Emblem von Bangkok Airways daraus hervor und schaut auf das Ticket.

„9 Uhr 50 Uhr. PG 924."

Sie lächelt und schiebt den Umschlag zurück in ihre Handtasche. „Ich muss wieder ins Büro. Channary wartet. Er ist so ungeduldig!"

„Aha!", antwortet Nhean. Und das klingt tief zufrieden.

29

Amok

„Channary will abhauen!", sagt Nhean beim Abendessen. Kunthea hat Amok gekocht, und so zart wie an
diesem Abend war der Fisch noch nie.

Während sie das Essen zubereitete, konnte Nhean es
kaum abwarten. Immer wieder legte er sich in Gedanken
den einen Satz zurecht, mit dem er seine Frau überraschen
wollte. Er konnte es kaum aushalten mitanzusehen, wie sie
in aller Ruhe die getrockneten Chilis kochte, wie sie das
Zitronengras und den Galgant und den Kurkuma vorbe-
reitete, wie sie sorgfältig die Rispen der Kaffirlimetten-
blätter entfernte, den Knoblauch zerstampfte und schließlich die Currypaste aus einem knappen Dutzend Zutaten
mörserte. Und obwohl er es ja schon tausendmal gesehen
hatte, staunte er, als dann noch die Kokosmilch erhitzt und
gewürzt und die Spinatblätter auf den Boden der Bana-
nenblätter-Körbchen gelegt und darauf die Fischmasse
und die Currypaste gebettet wurden. Während gleichzeitig der Jasminreis seinen köstlichen Duft entfaltete.

„Channary will abhauen!", sagt Nhean und läßt den

Fisch auf seine Zunge, auf den Gaumen wirken. Er kann sich kaum einen größeren Genuss vorstellen als die Zusammenwirkung des unvergleichlichen Geschmacks in seinem Mund mit der kurzen, aber umwerfenden Neuigkeit für seine Frau.

„Schmeckt es dir?", fragt Kunthea.

Hat sie gar nicht gehört, was er gesagt hat?

„Oder soll ich noch eine Idee Fischsauce hineingeben?"

„Schmeckt!", entgegnet Nhean. „Und was sagst du zu Channary?"

„Dass er abhaut?"

Sie steht auf und träufelt noch ein paar winzige Tröpfchen Fischsauce über den Fisch. „Warum tut er das?"

Nhean legt die Stäbchen auf dem Rand seiner Schale ab, wischt sich den Mund und holt aus.

„Weil es ihm zu brenzlig geworden ist."

„Glaubst du, dass er die Figur gestohlen hat?"

„Er natürlich nicht. Jedenfalls nicht selber. Die Drecksarbeit machen immer die Kleinen. Aber er ist der Drahtzieher."

Kunthea denkt nach. Sie befördert ein um das andere Amok-Portiönchen in ihren Mund, schiebt es genießerisch zwischen Zunge und Gaumen hin und her und denkt dabei nach.

„Und wie kommst du auf Channary?", fragt sie endlich.

„Weil er der einzige ist, bei dem alle Fäden zusammenlaufen. Denk doch mal nach: Channary wusste von der Apsara, die Müller und seine Leute gefunden hatten. Er ist der Einzige, der wusste, wer als Wachmann bei dem Fund eingeteilt war. Die Drohung, die die Wachmänner bekommen haben, war auf Papier aus Channarys Büro geschrieben. Wenn das nicht reicht ..."

„Willst du noch etwas von dem Amok?"

Es gibt Momente, in denen Nhean nichts lieber ist als die Überraschungen, für die seine Frau immer gut ist. Wie viele Augenblicke hat er mit ihr erlebt, in denen sie ihre unberechenbare Klugheit auf verblüffende Weise bewiesen hat. Aber die Art, wie sie jetzt auf seine klare Beweisführung reagiert, raubt ihm fast den Atem. Er fühlt sich wie auf die Folter gespannt. Doch es kommt noch heftiger. Denn bevor er seine Beweisführung fortsetzen kann, stellt sie ihm eine einfache Frage.

„Und wo ist die kleine Figur, die geraubt worden ist?"

Es ist, als sinke ein großartiges, perfektes Gebäude innerhalb einer Sekunde in Schutt und Asche. Die Apsara: an sie hat Nhean nicht einen einzigen Gedanken mehr verschwendet. Heiß schießt es ihm ins Gesicht. Im Erdboden möchte er versinken. Sich auflösen in ein Nichts, das nicht denken und vor allem nicht eine einzige Frage mehr beantworten muss. Stumm, ein Häufchen Elend, sitzt er da und starrt auf seinen Teller. Er ist leer. Als er sich darüber klar geworden ist, stiehlt sich ihm von neuem der Duft des Amok in die Nase. Ganz allmählich dringt er vor bis in sein Gehirn. Und zögerlich, wie ein unsicherer Bittsteller, die Augen gesenkt, schiebt Nhean den Teller vor. Kunthea nimmt ihn und füllt etwas von dem Amok darauf. Sie hat bemerkt, wie ihre letzte, einfache und berechtigte Frage Nhean umgehauen hat. ‚Umgehauen‘, denkt sie: manchmal sind die einfachsten Wörter die zutreffendsten. Weil sie wirklich treffen! Buchstäblich! Und manchmal muss man etwas tun, was man unter normalen Umständen nicht tut. Sie greift nach einem Löffel, angelt damit nach einem besonders appetitlich aussehenden Stück Fisch und führt ihn zu Nheans Mund. Als er das registriert, scheint es für einen kurzen Moment, als wolle er anfangen zu weinen. Vor Wut und Ärger über sich selbst. Doch dann, als er Kuntheas Blick wahrnimmt, der keinerlei Siegesgefühl oder gar Triumph ausdrückt, sondern ernsthafte Fürsorge, fängt er an zu lachen. Es beginnt mit einem Schlucken, so dass man nicht recht weiß: ist es noch Weinen oder ist es Lachen? Aber es entscheidet sich für das Lachen. Sehr schnell. Und das ist so stark und überwältigend und so intensiv begleitet von dem Gefühl, dass er kein Verlierer ist, dass er aufsteht und Kunthea, die bereits ihre Schürze abgelegt hat und darauf wartet, fest in die Arme schließt. Und wie er sie an sich drückt und sie sich an ihn schmiegt, schwindet auch der letzte, kleine Rest von Enttäuschung. Ohne sie loszulassen, drückt er Kunthea ein kleines bisschen von sich, so dass er ihr in die Augen sehen kann, und sagt:

„Du hast recht."

Aber was dann kommt, setzt ihn erneut heftigsten Emotionen aus. Weil er an so etwas niemals gedacht hat, und weil es die Hoffnungen, die vor nicht einer Minute gänzlich zerstört worden sind, wieder zum Leben erweckt.

„Ich weiß, wo sie ist!"

Nhean ist wie vom Donner gerührt. Fühlt, wie sich alles in ihm versteift. Doch wirklich begreifen tut er es noch nicht. Er ahnt nur, dass dieser kleine Satz die Wende zu etwas sehr Gutem ankündigt. Aber noch hat er Mühe, ihn in seiner Bedeutung und Tragweite aufzunehmen. Kunthea lässt ihm Zeit. Beobachtet seine Gesichtszüge. Entdeckt ein erstes Anzeichen von Verstehen. Und als sie sicher ist, dass ihre Worte vollständig aufgenommen sind, wenn auch noch nicht verarbeitet, hilft sie ein bisschen nach. Ein Wort nach dem anderen.

„Ich weiß, wo die Apsara ist. Ich habe sie mit Vanna gesucht, und wir haben sie gefunden."

Kunthea dosiert die Wörter, setzt vielsagende Pausen, erwartet ihre Wirkungen mit allergrößter Genugtuung, genießt das Schweigen danach.

„Und wo ist sie jetzt?"

Nhean stellt seine Frage leise, sehr vorsichtig, als wolle er nicht riskieren, die Apsara noch einmal zu verlieren.

„Dort, wo Phirin sie vergraben hatte. Wir haben natürlich die Society informiert. Die hat sich sofort an die Polizei gewandt."

Und Kunthea berichtet ihm in tausend Einzelheiten, dass die Heritage Police die Figur an derselben Stelle wieder versteckt hat, wo sie und Vanna sie gefunden haben.

„Warum?"

„Sie sagen, dass es eine Falle ist. Wenn der Täter sie holen will, tappt er hinein."

Nhean denkt nach.

„Trotzdem: ich will morgen früh am Flughafen sein. Channary ahnt wohl etwas und will sich ohne die Apsara absetzen. Er hat doch den Flug nicht ohne Grund reserviert."

***

„Kannst du schlafen?", fragt Kunthea. Sie liegt wach im Bett und spürt, dass es Nhean ebenso ergeht.

„Nicht so richtig."

„Und warum nicht?"

„Wegen morgen. Ich stelle mir immer vor, wie Channary reagiert, wenn er mich am Flughafen sieht."

Eine Weile ist es still. Schlafen kann aber weder die eine noch der andere. Und nachdem Nhean sich unzählige Male von der einen auf die andere Seite gedreht hat und noch mehr schwitzt als sonst, fasst er einen Entschluss.

„Ich geh noch ein bisschen spazieren!", sagt er und steht auf.

„Aber es ist schon nach Mitternacht."

„Ist mir egal. Vielleicht werde ich müde, wenn ich noch ein bisschen herumgehe."

„Aber du weißt doch, wie es jetzt in der Stadt aussieht. Die Touristen. Die sind doch überall."

„Ich geh zum Fluss. Da sind sie nicht."

Nhean zieht sich an, gibt Kunthea, die aufrecht im Bett sitzt und ihn nachdenklich beobachtet, einen Kuss und verlässt die Wohnung.

***

Am Fluss ist es still. Keine 100 m vom Neakpon Circle ist von dem Lärm im Touri-Viertel kaum noch etwas zu hören. Der Mond spiegelt sich matt im Wasser, und es riecht muffig. Die Abfälle, denkt Nhean. Ohne Ziel schlendert er langsam am westlichen Ufer des Flusses entlang nach Süden. Er muss aufpassen, dass er nicht stolpert auf dem schmalen Fußweg, der an vielen Stellen uneben, oft unterbrochen ist. Die Häuser auf der anderen Seite der Straße liegen fast alle im Dunkeln, nur wenige sind noch beleuchtet; vor vielen von ihnen liegen große Müllsäcke aus Plastik am Straßenrand. Manchmal ist ein Hund zu sehen, der an den Abfällen schnüffelt. Es ist noch sehr warm, kein Windhauch rührt sich. Nhean bleibt an einer Schleuse stehen, an der tagsüber die Kinder spielen; um diese Nachtzeit ist nur das Rauschen des Wassers zu hören, das durch ein enges Tor fließt. Dann geht er weiter. Wird er doch allmählich müde? Soll er umkehren?

Er bleibt stehen und sieht sich um. Das ist doch das Haus von Channary auf der anderen Seite des Flusses! Nhean spürt plötzlich ein eigenartiges Gefühl in sich. Sein ehemaliger Vorgesetzter - morgen wird sich sein Leben grundlegend verändern. Eine Abschiedsfeier wird er wohl nicht geben, denkt Nhean und will den Gedanken am liebsten sofort vergessen machen, weil er sich schäbig vorkommt dabei. Keines der Fenster ist beleuchtet. Der Brunnen im Garten ist kaum auszumachen im Halbdunkel.

In schnell aufeinander folgende Bilder vertieft ruft Nhean sich seine Zeit mit Channary ins Gedächtnis. Eigentlich, denkt er, war er ganz nett. Oft war er ja auch gar nicht da. Aber verlassen konnte man sich nicht auf ihn. Seine Launen waren unberechenbar; wirkliches Vertrauen hat es nie gegeben zwischen ihnen beiden. Channary hat ihn immer deutlich den Unterschied spüren lassen zwischen Chef und kleinem Angestellten. Es gab Tage, an denen er zugänglich war und sich für die Angelegenheiten Nheans zu interessieren schien. Aber das war nicht oft der Fall. Meistens zeigte er sich eher distanziert, auch arrogant, und ließ seine Angestellten spüren, dass sie eine andere Kategorie waren. Dabei, das war Nhean klar, ist Channary nicht der Klügste. Man musste sich oft wundern, wie naiv er sein konnte. Und wie eitel. Wie er sich leiten ließ von den Argumenten anderer, ohne sie zu überprüfen. Solange er dabei seinen Status als Vorgesetzter und respektierter Chef wahren konnte, schien er sich über widersprüchliche Anordnungen und Entscheidungen keine Gedanken zu machen. Doch nicht nur einmal hätte sich Nhean eine genauere Kontrolle durch das ‚große' Phnom Penh gewünscht.

Ein Tuktuk, völlig überladen mit vier oder fünf Touristen, knattert an ihm vorbei und reißt ihn aus seinen Gedanken. Halb zwei ist es schon! Ein wenig überhastet macht Nhean sich auf den Weg zurück in die Stadt. In spätestens 7 Stunden muss er am Flughafen sein.

Und plötzlich dämmert ihm die Frage, was er eigentlich tun kann, um zu verhindern, dass Channary sich eincheckt und auf Nimmerwiedersehen verschwindet? Nach und nach wird ihm klar, dass er sich manches doch zu einfach vorgestellt hat. Und nachdem er sich einige

Minuten über seine eigene Naivität gewundert hat, fasst er einen Entschluss. Sicher ist er sich seiner Sache nicht. Aber etwas Besseres fällt ihm nicht ein. Und so betritt er die kleine Polizeistation in der Nähe der Sok San und gibt seinen Verdacht zu Protokoll. Dass der Polizist, der seine Anzeige entgegennimmt, ihn seltsam dabei anguckt und wiederholt den Kopf schüttelt, das fällt ihm nicht auf.

30

Drei Hälften

Ist er doch noch eingeschlafen? Nhean wundert sich über die Geräusche, die aus der Küche dringen; Kunthea ist schon aufgestanden und scheint die Reissuppe zuzubereiten. Auch davon kann er nie genug bekommen. Die Brühe, die sie literweise vorgekocht hat, ist wie von Göttern persönlich gewürzt. Sie darf nur wenig gehacktes Schweinefleisch enthalten, aber umso mehr Chili muss darin sein. Und Knoblauch. Und geröstete Zwiebeln. Und vor allem reichlich frischer Koriander.

Doch anders als sonst kann er sich nicht unbeschwert auf die Suppe freuen. Denn er weiß: in zwei Stunden muss er am Flughafen sein! In zwei Stunden wird er Channary gegenüberstehen!

So schnell wie lange nicht springt er aus dem Bett.

„Langsam, langsam!", mahnt Kunthea, „lass Dir Zeit! Es reicht, wenn wir um acht Uhr ein Tuktuk nehmen."

„Wir?"

Erst jetzt bemerkt Nhean, dass Kunthea sich bereits angekleidet hat. Das ist ungewöhnlich. Normalerweise steht sie im Nachthemd vor dem Herd. Und wenn die Suppe fertig ist und aufgegessen, stellt sie sich eine halbe Stunde ans offene Fenster und beobachtet das Leben unten auf der Straße. Im Nachthemd.

„Wieso wir?"

„Weil ich mitfahre."

Nhean atmet tief durch, legt aber keinen Widerspruch ein. Er erinnert sich, dass Kunthea immerhin weiß, wo die kleine, kostbare Figur versteckt ist, die ihn seit knapp zwei Wochen umhertreibt. Und er muss sich eingestehen, dass Kunthea etwas erreicht hat, das er selbst vollkommen außer acht gelassen hat. Warum ist er nicht auf die Idee gekommen, noch einmal zu Vanna zu gehen? Er hat sie vollkommen vergessen! Sie und Phirin. Wie gut, dass er immerhin die Polizei informiert hat!

Die Suppe schmeckt. Trotz allem.

Vielleicht, denkt Nhean, als er genießerisch die aufgequollenen Reiskörner zwischen Zunge und Gaumen zerquetscht und die köstliche Flüssigkeit schmeckt, die dabei frei wird, vielleicht ist es ja auch ganz gut, wenn Kunthea mitkommt zum Flughafen. Warum, weiß er nicht; es ist nur so eine Ahnung.

Um acht Uhr stehen die beiden vor der Haustür und winken ein Tuktuk herbei. Eines, das fast immer an der Ecke zum Sivatha Boulevard auf Kunden wartet. Sie kennen den Fahrer, und er kennt sie. Aber als sie ihm das

Fahrziel nennen, guckt er erstaunt: zum Flughafen hat er sie noch nie gefahren. Und Gepäck haben sie auch nicht.

„Geheimnis!", sagt Kunthea beim Einsteigen und lächelt ihn an. „Morgen steht es in der DAILY."

Normalerweise ist es angenehm, um diese Zeit mit dem Tuktuk zu fahren. In den ersten Morgenstunden ist die Luft noch einigermaßen kühl, und der Fahrtwind ist wunderbar erfrischend. Doch heute kann Nhean das nicht genießen. Er ist unruhig. Was wird passieren innerhalb der nächsten beiden Stunden? Was soll er sagen, wenn er Channary gegenübersteht? Hat die Polizei seinen Hinweis ernst genommen? Wird sie da sein? Glaubt sie ihm? Allzuviel Vertrauen hat er nicht in die Männer, die meistens in viel zu engen Uniformen stecken und sich zusätzlich aufblähen wie Ballone. Das Einzige, was ihn beruhigt, ist die Sicherheit, die Kunthea ausstrahlt. So gefällt sie ihm. Und es kommt ihm so vor, als sei sie heute morgen noch attraktiver als sonst. Soll sie ihm doch ruhig manchmal widersprechen! Eine bessere hätte er nicht finden können, denkt er, als er mit der Zunge ein Korianderblatt zwischen den Zähnen hervorholt ...

Am Triangle Markt muss das Tuktuk links abbiegen auf den National Highway 6. Noch bevor die Ampel, die hier seit ein paar Jahren steht, grün zeigt, gibt der Fahrer Gas, rast mit Höchstgeschwindigkeit auf den von der gegenüberliegenden Seite entgegenkommenden massigen

Bus zu - auf dessen Spur! - und reißt erst unmittelbar vor ihm das Steuer nach links. Niemand stört sich daran. Jeder weiß, was er sich zutrauen kann und was nicht. Nur dass man neuerdings Ampeln aufstellt, das versteht kaum jemand.

Eine knappe Viertelstunde fahren sie auf dem Highway nach Westen und passieren dabei einen Hotelklotz nach dem anderen. Vor allen parken dickbäuchige Busse. Es ist die Zeit, zu der die Reisegruppen aus Südkorea und China und vielen anderen Ländern ihre Tagestouren zu den Tempeln beginnen; überall stehen Touristentrauben um die Busse herum und warten darauf einsteigen zu können. Angesichts dieser Menschenmassen wird Nhean oft daran erinnert, dass das teuerste Hotelzimmer an die 2000 US-Dollar kostet. Verrückt!

Da ist das Royal Angkor International Hospital. Und da kommt schon die High School. Direkt hinter ihr biegt das Tuktuk rechts ab; bis zum Flughafen ist es jetzt nicht mehr weit. Nheans Ungeduld wächst. Er rutscht hin und her auf seinem Sitz. Kunthea dagegen ist die Ruhe selbst. Sie lächelt ihn an.

Und dann sind sie da.

In der Abflughalle wird bereits der Flug nach Bangkok angekündigt. PG 924 um 9.50 Uhr. Aber noch sind kaum Passagiere da. Nur ein kleines Grüppchen hat sich vor dem Check-in-Schalter versammelt, der noch nicht geöffnet ist.

Channary ist nicht dabei, das erkennt Nhean auf einen Blick.

„Da vorne die Bank ist noch ganz frei", sagt Kunthea und gibt Nhean einen Stups in die angegebene Richtung. Die Bank steht so, dass man von ihr aus sowohl den Check-in-Schalter als auch die Eingangstüren zur Abflughalle im Auge hat. Kaum haben sie darauf Platz genommen, kramt Kunthea in ihrer Handtasche und zieht ein paar tausend Riel heraus. „Holst du uns einen Kaffee?"

Nhean hat den Verdacht, dass es sich um eine Beschäftigungstherapie für ihn handelt. Aber er ist einverstanden damit, denn ruhig sitzen und warten kann er jetzt nicht. Er nimmt das Geld und entfernt sich in Richtung der kleinen Kaffeebar; Kunthea schaut ihm hinterher und hält gleichzeitig nach den beiden Polizisten Ausschau, die um diese Zeit hier sein wollten. Das hatten sie ihr jedenfalls zugesagt, als sie in der Nacht die Polizeistation aufgesucht hatte. Aber zu sehen sind sie noch nicht. Wahrscheinlich stellen sie sich ja auch nicht mitten in die Halle, so dass sie von allen sofort gesehen werden, sagt sich Kunthea.

Ihr Blick gleitet über die Flugziele an den Check-in-Schaltern. Phuket, Kuala Lumpur, Bangkok, Sihanoukville, Phnom Penh, Pakse, Singapore. Sie spürt ihr Herz klopfen; hier zu sitzen ist etwas ganz anderes als irgendwo in der Stadt! Immer mehr Reisende betreten die Halle. Manche in großer Eile; andere gelassen, seelenruhig.

Und aus allen Richtungen hört man die Rollen der Koffer klacken.

Inzwischen ist auch der Schalter von Bangkok Airways für den Flug nach Bangkok geöffnet. Und kaum hat die Abfertigung der ersten Fluggäste begonnen, wird die Schlange der Wartenden länger und länger. Kunthea rückt eine Handbreit nach rechts auf ihrer Bank, um sie besser beobachten zu können. Wie viele Passagiere wohl in das Flugzeug passen? Es sind bestimmt schon 30 oder 40, die da mit ihren Taschen und Koffern warten. Alleinreisende, ganze Familien, sogar eine ganze Gruppe. Den Mann mit dem grünen Rollkoffer, der sich soeben ans Ende der Schlange stellt, hat sie schon einmal irgendwo gesehen. Oder? Nein, da täuscht sie sich wohl.

„Pass auf, er ist noch heiß!"

Nhean! Sie hat ihn nicht kommen sehen. Er hält ihr einen kleinen Pappbecher entgegen.

„Wieso sollte ich eigentlich Kaffee holen?", fragt er, während er sich neben sie setzt. „Wir trinken doch sonst nie Kaffee."

„Und warum hast du Kaffee geholt, wenn wir doch sonst nie Kaffee trinken?", fragt sie etwas spitz. Nhean schluckt die Antwort hinunter.

„Ist er schon da?", fragt er stattdessen.

„Wer?"

Nhean schaut sie ein Spur vorwurfsvoll an.

„Channary!"

„Nein", entgegnet sie, „ich hab ihn jedenfalls noch nicht gesehen."

Dann sitzen sie da und warten. Nippen immer wieder an ihrem Kaffee, der ewig heiß zu bleiben scheint. Sogar an dem Pappbecher verbrennt man sich fast die Finger. Alle paar Sekunden schauen sie auf die digitale Uhr, die die Minuten abarbeitet. Und die Fluggäste am Schalter von Bangkok Airways rücken Schritt um Schritt vor. Der Mann, den Kunthea zu kennen glaubte, ist bereits an dritter Stelle. Und hinten schließen sich immer neue Reisende an. Aber von Channary keine Spur.

Wieder gerät Kunthea ins Grübeln. Kennt sie ihn vielleicht doch, diesen Mann da vorne? Den mit dem grünen Koffer? Tief gräbt sie in ihrem Gedächtnis, aber ohne Ergebnis; sie kann sich nicht erinnern.

„Und wenn er nicht kommt?"

Nhean guckt seine Frau an, als müsse sie wissen, wie es dann weitergeht.

„Du bist ja ganz blass!", antwortet die nur. So fühle ich mich auch, denkt Nhean. Er muss daran denken, dass er Channarys Unterschrift gefälscht hat.

Der Mann ist gerade an die zweite Stelle vorgerückt. Immer wieder bleibt ihr Blick an ihm hängen.

„Was ist?", fragt Nhean. Er hat bemerkt, dass sie auf irgendetwas aufmerksam geworden ist.

„Der Mann da", zeigt Kunthea, „der zweite in der Reihe, der mit dem grünen Koffer, irgendwoher kenne ich den. Glaub ich jedenfalls."

Nhean schaut ihrem Finger hinterher. „Ja, den hast Du bestimmt schon mal gesehen. Das ist doch der Deutsche. Dr. Müller", sagt Nhean, „von der Society."

„Richtig! In der DAILY hab ich ihn gesehen, stimmt."

Nhean nickt nur mit dem Kopf. Nach langen Gesprächen ist ihm nicht zumute. Doch die lakonische Antwort Kuntheas hallt in seinen Ohren nach. Irgendeine Winzigkeit ist in sein Gehirn eingedrungen, die ihn auf andere, neue Weise beunruhigt. Was es ist, weiß er nicht. Aber es lässt ihn nicht mehr los. Es arbeitet unvergleichlich schneller als die Ziffern auf der digitalen Uhr. Er kennt ja diesen Zustand zur Genüge, wenn das Gehirn nach irgendetwas sucht und man das Gefühl hat, eigentlich habe man es längst gefunden. Aber es ist noch nicht da. Wie neulich die Bemerkung, die Apsara sei ‚extra umgewendet' worden. Es weigert sich, klar hervorzutreten. Es macht einen verrückt. Es versteckt sich, obwohl es kaum eine Chance hat. Denn früher oder später muss es sich zu erkennen geben.

Immer noch steht der Deutsche an zweiter Stelle; offenbar gibt es Probleme mit dem Gepäck der Familie vor ihm.

Und in Nheans Kopf arbeitet es weiter. Plötzlich setzt

er abrupt seinen Kaffeebecher auf dem Fußboden ab und steht auf.

„Was willst du?", fragt Kunthea überrascht.

Doch Nhean hört die Frage nicht mehr. Zügig und sehr entschlossen bewegt er sich auf den Deutschen zu. Und während er einen Fuß vor den anderen setzt, ordnet sich in seinem Hirn alles wie von selbst.

„Sie verreisen?", fragt er, als er bei Müller angekommen ist. Der schrickt zusammen.

„Ach, Sie!"

Mehr sagt er nicht. Aber es lässt sich nicht übersehen, wie nervös er ist. Seine rechte Hand zittert, als er Ticket und Reisepass aus der Jackentasche zieht.

„Haben Sie die Reise schon länger geplant?"

Von der Nervosität bis zum Ärger ist es nicht weit, auch nicht bei dem Deutschen.

„Was geht Sie das an?", fragt er gereizt zurück. Unbeherrschter als er es wollte. Doch je ungehaltener Dr. Müller wird, desto selbstsicherer fühlt sich Nhean.

„Ich mein ja nur, weil Ihr Ticket erst gestern gekauft worden ist."

Einen kurzen Moment hört und sieht er sich sogar selbst, wie er da steht und seine Unsicherheit vollständig abgelegt hat.

„Oder täusche ich mich?" Nhean ist sich seiner Sache ganz sicher.

„Ja und? Ist das illegal?"

Dr. Müller ist nicht wiederzuerkennen. Seine Ruhe und Höflichkeit, die angenehme Sachlichkeit, die Nhean an ihm so schätzt, sie alle sind völlig verschwunden. Obwohl die Halle gut klimatisiert ist, schwitzt er.

„Lassen Sie mich in Ruhe. Sie sehen doch, dass ich gleich dran bin."

Erst jetzt fällt Nhean auf, dass Kunthea neben ihm steht. Und dass es in der Schlange hinter dem Deutschen unruhig wird. Aber das stört ihn nicht. Im Gegenteil: darin sieht er nur seinen Vorteil.

„Channary ist wohl nur ein kleiner Fisch", sagt er ihm ins Gesicht und zieht dabei den Satz so in die Länge, dass der Deutsche die Bedrohung, die darin liegt, nicht überhören kann. Und was er daraufhin tut, spricht nicht für ihn: Er stößt Nhean mit der flachen Hand vor die Brust, so dass der zurückweicht und über eine Reisetasche, die auf dem Boden hinter ihm steht, zu Fall kommt. Eine Frau schreit laut auf vor Schreck. Und die Unruhe, die jetzt entsteht, wird selbst von den beiden Polizisten, die am anderen Ende der Halle in Gespräch und Nudelsuppe vertieft sind, nicht mehr überhört. Mit metallisch klickenden Absätzen unter ihren blank geputzten Stiefeln, das Koppel eng um den Bauch gespannt, die Gesichter staatstragend ernst, nähern sie sich. Der ältere von ihnen wendet sich direkt an Nhean. Und zu dessen Erstaunen auch an Kunthea!

„Hatten Sie nicht beide gesagt, dass Sie hier auf Channary vom Kleinen Phnom Penh warten wollten?"

„Hab ich", bestätigt Nhean, „aber ich hab mich täuschen lassen."

„Täuschen? Versteh ich nicht."

„Hab ich selbst gerade erst begriffen. Die Sekretärin von Channary hat mir zwar gesagt, dass er ein Ticket für den Flug nach Bangkok haben wollte ...", erklärt Nhean, doch er kann den Satz nicht zu Ende führen; Kunthea kommt ihm zuvor. „Aber sie hat nicht gesagt, für wen das Ticket sein sollte, oder?"

Nhean fällt es wie Schuppen von den Augen, dass auch Kunthea in der Nacht zuvor auf der Polizeiwache gewesen sein muss. Und jetzt begreift er auch, warum der Polizist, der seine Anzeige aufgenommen hat, ihn so eigenartig angeschaut hat.

„Aber sie bleiben bei Ihrer Anzeige wegen der gestohlenen Apsara? Auch gegen diesen Herrn?", fragt der ältere Beamte und deutet mit dem Kopf auf Müller.

„Ja!" Nhean ist sich seiner Sache sicher. Seine Theorie stimmt, davon ist er überzeugt.

***

„Gestohlene Apsara gefunden - Mysteriöser Fall offenbar geklärt!", druckt die DAILY schon am nächsten Tag. „Wie die Polizei meldet, wurde der Drahtzieher des Raubes beim Versuch, das Land zu verlassen und sich nach Bangkok abzusetzen, in letzter Sekunde am Siem Reap International Airport festgenommen. Schon ein Tag zuvor hatte die Polizei unter Mithilfe von Zeugen das Versteck der leider beschädigten Apsara ausfindig gemacht. Bei dem Verdächtigen handelt es sich um Dr. Müller, Archäologe bei der Angkor Society, besser bekannt unter dem Namen ‚Der Deutsche'.

***

„Da stimmt wieder nur die Hälfte", sagt Nhean und legt die Zeitung zur Seite. „Noch nicht mal", sagt Kunthea, die den Artikel auch schon gelesen hat.

„Wieso?"

„Ja, was heißt denn ‚unter Mithilfe von Zeugen'? Ich bin doch kein Zeuge. Im Grunde hab ich den ganzen Fall aufgeklärt, weil ich nach Paleah rausgefahren bin und mit

Vanna gesprochen habe. Und weil wir die Apsara trotz der kümmerlichen Aussage von Phirin gefunden haben."

Nhean schüttelt amüsiert den Kopf. „Du hast die Apsara gefunden, ja, aber nicht den eigentlichen Täter. Am Flughafen hast du den Deutschen doch immer nur angeguckt und dich nicht gerührt. Wenn ich nicht auf die Idee gekommen wäre, dass das Ticket, das Sophy gekauft hat, gar nicht für Channary, sondern für ihn gewesen ist, wäre er längst in Bangkok untergetaucht."

Die beiden sitzen sich gegenüber und schweigen sich an. Bis sie irgendetwas gleichzeitig zum Lachen bringt.

„Möchtest du einen Kaffee?", fragt Kunthea. „Jetzt wäre ich mal dran."

Nhean grinst. „Dieser Fall hat wirklich unser Leben verändert!", sagt er. Kunthea schüttelt verständnislos den Kopf.

„Unser Leben verändert? Wie kommst du denn darauf? Ist das nicht ein bisschen übertrieben?"

„Naja, davor haben wir nie Kaffee getrunken."

Jetzt möchte Kunthea zu gerne auch losprusten, aber sie beißt sich auf die Lippen. Sie geht in die Küche und setzt Wasser auf. Und Nhean? Folgt ihr. Er kennt seine Frau nur zu genau und ahnt, dass es in ihr arbeitet. Dass sie ihm die Frage, auf die er wartet, nicht stellen will, aber dass sie gar nicht anders kann. Und während der Wasserkocher versucht, dem Thermometer, das bei 34 Grad im Schatten steht, davonzulaufen, dreht sie sich tatsächlich um, schaut ihrem Mann in die Augen und fragt ihn: „Und welche Hälfte stimmt bei dir nicht?"

„Dass der Deutsche der einzige Verdächtige ist."

Kunthea starrt Nhean an. Aber da sie ihn ebenfalls genau kennt und weiß, dass er ihre weiteren Fragen beantworten wird auch ohne, dass sie sie stellt, wartet sie ab. Gießt das Kaffeewasser in den Porzellanfilter, der zu ihrer Souvenir-Sammlung gehört, und demonstriert Desinteresse. Mit Erfolg.

„Der Deutsche", lüftet Nhean freiwillig sein Geheimnis, „hat die Tat geplant, das ist richtig. Er ist verantwortlich. Aber nicht allein. Ohne einen Mitwisser hätte er sie nicht ausführen können."

„Er selber hat die Apsara aus dem Stein geschlagen?"

„Nein, nicht er persönlich. Er hat Phirin, den armen Kerl, der jetzt im Krankenhaus liegt, zur der Tat angestiftet." Nhean korrigiert sich: „Natürlich auch nicht er selber; das hat er über einen Strohmann gemacht. Den mit dem dicken goldenen Ring."

Kunthea gießt noch einmal heißes Wasser nach und schweigt.

„Und jetzt weißt du wahrscheinlich auch, wer der Mitwisser war."

„Natürlich!", sagt Kunthea ins Blaue hinein. „Aber warum?"

„Weil der Deutsche ihn erpresst hat. Er hat Channary dazu gezwungen dafür zu sorgen, dass die Wächter in der Nacht nicht am Tempel sind."

Kunthea hat erfahren, was sie wissen wollte, und setzt ihr Schweigen fort. Wieder erfolgreich.

„Und das hat Channary nur seiner eigenen Eitelkeit zu verdanken."

„Versteh ich nicht", wendet Kunthea ein, „wieso seiner Eitelkeit?"

„Das kannst du auch nicht wissen. Aber ich hab, als ich noch mit ihm gearbeitet hab, immer wieder erlebt, wie großzügig Channary gegenüber dem Deutschen war, wenn der irgendwo graben wollte. Sogar in Fällen, wo er es gar nicht hätte tun dürfen. Da hat er oft genug die Grenzen des Erlaubten deutlich überschritten. Und seine Kompetenzen sowieso. Und alles nur, weil er gehofft hat, sich als Leiter des Kleinen Phnom Penh in den Erfolgen anderer sonnen zu können."

Nhean atmet tief aus. Und ergänzt, wohl auch um sich selber noch einmal klarzumachen, wieso Channary das Flugticket für Müller hat kaufen lassen:

„Und dann hat er Müller die Chance gegeben abzuhauen. Aber nur, weil er sich selbst damit schützen wollte."

Kunthea verfällt erneut in ihr Schweigen. Diesmal jedoch, weil ihr die Erklärung von Nhean zu denken gibt. Sie gießt den Kaffee in die Becher und schweigt. Schweigt eine ganze Minute, in der Nhean sie genau beobachtet. Er ist nur allzu gespannt auf ihre Reaktion. Und kann beobachten, wie ganz allmählich, nach und nach, Bewegung in ihre Gesichtszüge gerät. Die Nachdenklichkeit verschwindet, und an ihre Stelle tritt ein Lächeln, das sich bald darauf in ein Schmunzeln verwandelt.

„Was ist?", fragt er und bereitet sich auf eine unerwartete Antwort vor, die die Veränderungen in Kuntheas Gesicht zweifellos ankündigen.

„Du hast immer wieder erlebt, wie großzügig - in Anführungszeichen - Channary war, sagst du. Und wie er die Grenzen des Erlaubten so weit überschritten hat, dass er schließlich erpressbar war?"

„Ja, hab ich!", antwortet Nhean, „und ich bin ganz sicher, dass meine Theorie stimmt."

„Dann ist das die dritte Hälfte!"

„Die dritte Hälfte?"

„Ja, weil du der dritte Verdächtige bist."

Nhean steht, den Kaffeebecher in der Hand, wie vom Donner gerührt.

„Ich?"

„Ja, du. Weil du nicht eingegriffen hast!"

Kunthea wartet nicht ab, bis Nhean begriffen hat, wie sie das meint.

„Ich habe frischen Fisch auf dem Markt gekauft", erklärt sie fröhlich und schließt ihn in die Arme.

„Hast du Lust auf Amok, bevor ich dich verhaften lasse?"

Personenverzeichnis

Prungnie	Antiquitäten-Händler in Bangkok
Nhean	Ehemaliger Büroangestellter im ‚Kleinen Phnom Penh‘, (Außenstelle des National-museums in Phnom Penh), seit einigen Wochen im Ruhestand
Kunthea	Seine Frau
Channary	Abteilungsleiter des ‚Kleinen Phnom Penh‘
Songim	Seine Frau
Sophy	Sekretärin Channarys
Botum	Junge Hausangestellte bei Channary
Dr. Müller	Archäologe bei der ‚Angkor Society‘, genannt ‚Der Deutsche‘
Sovann	Pförtner bei der ‚Angkor Society‘
Phirin	Ein Bauer
Vanna	Frau Phirins
Athit	Sohn Phirins, Gärtner bei Channary
Chankrisna	Wächter
Meas	Wächter
Mönch	Hat das Kloster verlassen, jetzt: Heiler, Tätowierer